Vallesordo

A*

Jonathan Arribas

Vallesordo

Libros del Asteroide

Primera edición, 2025
Primera reimpresión, 2025

Publicado por Libros del Asteroide S.L.U.
Santaló, 11-13, 3.º 1.ª
08021 Barcelona
España
www.librosdelasteroide.com

ISBN: 978-84-10178-36-6
Depósito legal: B. 20205-2024
Impreso por Kadmos
Impreso en España — Printed in Spain
Diseño de colección: Enric Jardí
Diseño de cubierta: Duró

Este libro ha sido impreso con un papel ahuesado, neutro y satinado de ochenta gramos, procedente de bosques correctamente gestionados y con celulosa 100 % libre de cloro, y ha sido compaginado con la tipografía Sabon en cuerpo 11.

Este libro fue escrito, en parte, a la sombra del naranjo de la Fundación Antonio Gala.

A las amigas que con sus
abrazos y sus eyeliners me ayudaron
a dejar de ser una cosa y a empezar a ser otra

Y ahora voy a cantar yo
una tonadilla nueva
que cuando nació mi madre
ya la cantaba mi abuela.

Canción popular

Sabela es la profe que nos da Lengua y se llama así porque es de Galicia, y siempre lleva la cara con maquillaje y se pone lazos en el pelo, como el del otro día, que era rojo con lunares blancos. Paula dice que la profe es una repipi por eso, por ir a clase tan arreglada. Yo creo que es una profe divertida, no repipi, pero Paula es así de meticona.

A Sabela le gusta que escribamos cosas y ayer, al principio de clase, nos dijo que teníamos que escribir una redacción sobre nuestro verano más importante, y yo le pregunté si podía explicar un poco mejor eso y ella me contestó que el verano más importante es el verano más sig-ni-fi-ca-ti-vo, y yo dije ah vale, ya sé, pero no sabía, y estuve pensando en eso hasta que acabó la clase.

¿Tú sabías con doce años cuál era el verano más importante de tu vida? ¿Y hace cuántos años tenías tú doce años? No hace falta que contestes, no pasa nada, que preguntar la edad a alguien, así de repente, es de gente cuza, que lo decía abuela siempre.

Bueno, y cuando sonó el timbre, me acerqué a la profe y le dije Sabela, yo creo que el verano más importante es este no, el pasado, el de cuando acabé quinto, pero no estoy seguro. No me dejó explicarle más. Está claro, Nico, dijo ella, no le des más vueltas al asunto, el verano de quinto es el verano más importante de tu vida. Y después de decir eso, se colocó el pelo por detrás de la oreja de una manera que me hizo pensar que tenía razón. Antes de salir de clase, le pregunté si había algún truco, porque siempre hay truco en estas cosas, y me dijo que sí, que el truco es contarle la historia a alguien. Te tiene que escuchar una persona, dijo, que así practicas en voz alta y luego escribir la redacción es más fácil. Y como tú me has preguntado por los deberes, pues te cuento a ti la historia y así voy entrenando.

Para coger carrerilla, voy a empezar unas semanas antes del verano, que es cuando pasó lo de las fotos y todo eso. Y luego ya te cuento lo del polis y cacos, lo de La Yesi, lo de Fama y las demás cosas. Si no nos da tiempo hoy, seguimos mañana, no te preocupes.

Avíate, Nico, que ya es más que hora.

Abuela levantó la persiana hasta arriba y entró toda la luz. Me quedé quieto, sin mover los ojos, y esperé a ver si se iba y me dejaba dormir más. Me hizo cosquillas en la barriga, y yo di media vuelta y tiré del edredón.

Abuela, que estoy malo. Hoy me quedo durmiendo.

¿Qué te pasa?

El estómago, que me duele.

Anda, anda, más cuento que Calleja. ¿Te traigo el desayuno?

Los fines de semana o los días de diario cuando mi madre se iba antes de casa, abuela me traía el desayuno como los enamorados de las telenovelas. Me traía un zumo de naranja, un tazón de leche, un trocico de bollo maimón. Yo ya sabía quién me despertaba antes de abrir los ojos. Si la persiana subía de dos veces, ras, ras y chocaba con el tope, era mi madre. Si subía despacio, con un sonido como el de los fuegos artificiales cuando suben, antes de explotar, era abuela.

Vale, tráeme el desayuno, a ver si se me pasa.

Di el trabalenguas, entonces.

Abuela usaba lo del trabalenguas para espabilarme, porque como tenía que decirlo rápido, pronunciarlo bien todo, después ya no tenía sueño.

¿Entero lo digo?

Desde el principio, venga.

Había una cabra ética, perlética, perleticuda, mochicalva y hocicuda. Si no hubiera sido ética, perlética, perleticuda, mochicalva y hocicuda, los hijos no le habrían salido éticos, perléticos, perleticudos, mochicalvos y hocicudos.

Me revolvió el pelo y le pedí leche sin lactosa, porque la otra leche da olor a vaca y me estroza el estómago. A mi madre se le olvidaba comprar leche buena, y mi padre decía eso tuyo son pijadas, no seas tan pamplinero, así que solo había leche buena en la despensa si iba yo al Eroski con ellos y metía los cartones en el carro.

Abuela volvió con la bandeja, y en vez de un trocico de bollo maimón, me trajo una magdalena rica de las que hacía el panadero.

¿Y tú no desayunas?, le pregunté.

¿Pero qué horas crees que son? Desayuno a las siete, y mira, si el reloj mío no anda delantero, son las ocho y media, casi nueve. Comeré algo, por que no desayunes solo, pero hambre ninguna. Ponte bien. Y haz el favor de beber la leche, aunque no sea la tuya. Ya traerá de la otra tu madre.

¿Otra vez leche mala? Luego me riñen en el cole por ir al baño cada poco.

Abuela se sentó a mi lado, sacó una pera del mandil y la comió con piel y todo porque en la piel es donde están las vitaminas. Me dejaba desayunar en la cama, pero no acostado, y me tocaba apoyar la bandeja en las piernas y la cabeza en los barrotes de atrás. Me ayudaba a ponerme tieso y me colocaba bien la almohada para que no se me clavaran los barrotes como cuando eres minusválido. Me gustaba eso. Luego se quitaba las zapatillas, se sentaba en la cama conmigo y dejaba los pies colgando.

La última vez que pasa esto, dijo. ¿Quedas enterado?, que ya no eres un crío.

Mi madre había dejado una nota en la mesa de la cocina. En mi casa no hay cocina, por un lado, y salón, por otro, como en casa de Izan. Lo mío es cocina salón, todo junto, y ahí está el horno, los fuegos, la tele, la camilla en el medio y el escaño pegando a la ventana. El escaño es de la casa vieja, donde vivía abuela de joven, y es como un sofá grande, pero más alto y más duro.

Abuela leyó la nota renqueando, como los de parvulitos cuando están aprendiendo a juntar las letras.

Ni-co tie-ne hoy la sesi-ón de fot-os del co-legio.

En la cocina, como soy hijo único, solo había retratos míos a los seis, siete, ocho y nueve años. Mi madre no quería gastar más dinero en el fotógrafo del cole, pero abuela le decía que de críos cambian mucho de un año a otro, que luego crecen enseguida y que un recuerdo es un recuerdo.

Debajo de las fotos, en una esquina, estaba el tractor de juguete, que era aburrido porque no tenía piernas y solo iba adelante y atrás, adelante y atrás. Era un Masi Ferguson y me lo regaló mi padre porque le gustaban mucho los Masi Fergusons. El tractor suyo era un Yondir, pero decía que cuando ahorrase más se iba a comprar un Masi Ferguson. Cuando me regaló el tractor de juguete, me habló de los ciento y pico caballos, de cómo se enganchaban las vertederas y todo eso.

Al lado del tractor de juguete, estaba mi regalo de los ocho años, que es el equipo de música donde pongo los discos de Fama. No querían regalarme eso, pero convencí a abuela para que convenciera a mis padres, y al final me regalaron todo a la vez, el equipo y los discos. Y cuando lo enchufé y le di al play y sonó Apoloyais, la primera canción del disco, me entró un reflís de alegría que casi caigo a abuela al ir a abrazarla.

Tenía razón Mauri, mi tía de Salamanca. Se había acercado mucho a las fotos la última vez que había venido a comer. Hija mía, le había dicho a abuela, si parece que no tiene cejas, qué pelo tan clarito. No tiene, no, contestó abuela, su bisabuela también era así de pelirroja, nunca se hizo ni el bigote ni nada.

Ese día, cuando estaba lavándome los dientes, mirándome la cara en el espejo, me acordé de Tía Mauri.

Y es que era verdad. No tenía casi cejas. Los pelos eran un poco oscuros donde la nariz y después se aclaraban y se volvían finos y transparentes como los bigotes de La Yesi. Los pelos parecían castaños al mojarlos, pero así las cejas me duraban lo que duraba la humedad.

Arrimé el taburete al lavabo. Algo tenía que haber en el mueble. Telma me había contado que su madre se dibujaba las cejas con un lápiz negro y que a veces le quedaba una más alta que otra y parecía que estaba enfadada todo el día. A mi madre no le gusta el maquillaje, así que no había lápices de maquillar. Saqué todas las cosas, el bote de espuma, la crema de manos, la colonia de afeitar, la vaselina y los polvos de talco.

Se me ocurrió una idea.

Abrí el bote rosa de vaselina, que estaba dura, porque llevaba mucho tiempo sin abrir. Clavé la uña y me embetuné las cejas con cuidado de no salirme, como al pintar de rojo las alas de la mariposa en Plástica. Me miré a ver qué tal con la luz del espejo y me gustó, me quedaba bien, tenía las cejas oscuras y brillantes.

Abuela intentó entrar, pero había puesto yo el tranco porque me daba vergüenza. Si me veía así con las cejas embetunadas, seguro que pensaba que estaba mal de la chinostra y después se lo contaba a Tía Justi y se reían de mí.

Guardé el bote de vaselina en el bolsillo del chándal.

Al abrir la puerta, abuela me echó la bronca, estás tonto o qué es lo que tienes, y levantó el brazo, te cojo y no sé qué te hago. Abuela no me dejaba poner el tranco, porque decía que una prima suya se había muerto en la ducha por culpa de eso. Se partió la crisma y las hermanas, aunque oyeron el golpetazo, no pudieron hacer nada hasta que el aguacil tumbó la puerta.

Parecía que iba a pegarme con la mano, pero al final no me pegó. Abuela era como La Yesi con los desconocidos, que ladraba mucho y empuntiaba el rabo, pero no se atrevía a morder.

Me voy ya, abuela, que llego tarde.

Ojito con la bici. Mira bien antes de cada cruce, y si

viene algún tractor a lo loco, te apartas y que pase. ¿Casco no llevas?

No, casco no, que me da agobio.

Me pasa eso con los cascos, que noto la cabeza apretujada y me corta la circulación de la sangre y no puedo respirar. Una vez fui con mi padre a un cartin en Valladolid y no pude subir al coche de carreras por eso, porque me pusieron el casco y casi me asfixio.

Ven aquí, Nico, que te peine bien para la foto antes de que marches.

No, no me peines porque se me va a revolver el pelo con el aire. Ya me peino yo en el cole antes de la foto.

¿Pero llevas peine?

No.

¿Entonces?

Me tengo que ir, abuela, que si llego tarde, me castiga Maripuerto. Adiós, adiós.

Iba en bici por el camino y de vez en cuando venía un poco de viento y se me ponía la piel de punta. No me gustaba ponerme la sudadera en junio, porque el verano tarda menos en llegar si usas manga corta todos los días, que lo decía Izan siempre.

Di pedales rápido hasta que llegué a la nave del pastor, que es un buen hombre, nunca se mete con nadie, pero tiene unos mastines que están salvajes, y en cuanto me vieron, empezaron a ladrar como unos locos y me entraron ganas de machacarlos. Abuela decía que lo mejor es no hacer caso de los mastines, no entrar al trapo, pero a mí me encabronaba que se pusieran como unos chulitos siempre que me veían. Además, habían mordido ya a dos peregrinos, pero al pastor le daba pena matarlos, y no los mataba.

Otras veces me bajaba, cogía una piedra de las picudas y se la tiraba a los mastines, pero esta vez me acordé de lo que decía abuela, y seguí pedaleando por los caminos hasta que llegué a las calles cementadas, que empezaban donde el depósito. No había nadie cerca, no se oía nada, solo algún gallo que cantaba a lo lejos. En el depósito estaba el grafiti de BIENVENIDOS A VALLESORDO. Pone eso con letras negras que chorrean hasta abajo, y cuando los limpiadores de grafitis vienen al pueblo, quitan todos menos ese, porque lleva muchos años ahí, desde antes de nacer yo, y hace bonito.

Debajo del depósito, detrás del banco, está la papelera donde cogía las Coca Colas, porque algunas coreos de Fama se bailan con tacones, y en mi casa no había tacones, pero las latas son como tacones si las encajas bien. Eso sí, solo se pueden usar una vez, porque se abollan cuando te las quitas, y si te las vuelves a poner, ya no suena clac, clac, y es imposible encajarlas.

Las latas eran de Cipriano, que aunque era muy viejo, le gustaba mucho la Coca Cola, y cuando bajaba el sol, se sentaba ahí con los otros abuelos y bebía un par de latas. Era divertido si hablabas con él, te contaba historias de cuando casi fue torero, pero se te acercaba mucho al hablar, y eso no me gustaba, porque le salía de la boca un olor malo.

Como no había nadie en la calle, me bajé de la bici y me puse a rebuscar en la papelera sin meter bulla, como el zorro cuando entra donde las gallinas. Me dieron los nervios y me temblaban las piernas, porque si me veían se lo dirían a mis padres, la gente pensaría que éramos pobres y abuela se llevaría un disgusto. Muchas veces no encontraba nada y solo sacaba toallitas secas, cartones de vino, cáscaras de plátano renegridas, pero otras veces, como ese día, escarbaba un poco y allí estaba la lata de Coca Cola.

Rebocé la Coca Cola en la hierba para quitarle lo sucio, con cuidado de no abollarla, y la guardé en la mochila.

Lo hice todo rápido, y menos mal, porque nada más cerrar la mochila, apareció Luci La Lanera, que no era mala persona, pero era como un disco rayado. Cuando iba al corral a charlar con abuela, se tiraba tropecientas horas hablando de su hijo. Tenía dos hijos, y el más pequeño, una vez que estuvo sin trabajo muchos meses, se dejó convencer por los Jehovás, y al final se fue a vivir con ellos y no vino ni al entierro de su padre. Contaba eso todo el rato, pero abuela no la mandaba callar nunca, no sé por qué. Era mejor que no te cogiera por banda, así que le di los buenos días y enseguida me monté en la bici.

Al llegar al cole, vi que los coches de las profes ya estaban aparcados y que no había nadie esperando en la puerta. Me crucé con la madre de Telma, que iba conduciendo con una mano por fuera de la ventana, echando el humo del cigarro. Me dijo que espabilara, que llegaba tarde. La madre de Telma trapicheaba con drogas desde que el padre se fue a Valladolid, y por eso había unas botas negras colgando en el cable de su casa, pero Telma no era trapicheante, era normal. Rápido dejé la bici en el muro que rodeaba el cole y entré corriendo, porque si llegabas tarde te quedabas sin recreo dos días seguidos.

Al entrar en clase, vi que no estaba la profesora, pero no había jaleo. Cuando la profe tardaba en venir, nos lanzábamos tizas o dábamos golpes en la mesa y cantábamos la de güigüil güigüil rocyu, pero ese día tocaba con Maripuerto, así que todos estaban callados, cada uno en su sitio, con la cara sin legañas y el libro abierto encima de la mesa.

Me senté en mi sitio, en primera fila, junto al radiador. Las mesas de clase eran verdes y había chicles pegados por debajo, que estaban duros como piedras, y aunque intentaras clavar la uña, no podías, era imposible. Estábamos en la misma clase los de cuarto, los de quinto y los de sexto, y era la única clase con ordenadores, aunque solo podíamos usarlos en inglés y en los cursos de informática.

Al entrar, Maripuerto dejó la mochila en la mesa y abrió las ventanas a lo burro.

¡Aquí huele a humanidad!, dijo.

Siempre decía eso, que menudo olor a humanidad, pero era mentira. La clase no olía a eso, olía a los balones medicinales que había en la cesta del rincón de gimnasia. Los azules eran de tres kilos y los verdes de cuatro kilos y medio.

Maripuerto tenía los ojos saltones, llevaba braques y siempre iba con pantalones ajustados que le llegaban por encima de los tobillos y le hacían un buen pandero. Olía a colonia de guapa y venía desde Zamora en un coche naranja grande, uno de los que cuestan dinero. Era una tardona y menos mal, porque dos días sin recreo menuda faena.

La profe arrastró la silla despacio, como si no llegara tarde, y se sentó. Se nos quedó mirando un rato, a ver si alguno bostezaba sin taparse la boca y así podía reñirnos. Ella era así de enfadica.

Abrid el libro por la página cincuenta y seis. Venga. Vamos a repasar lo que vimos el otro día.

Telma se sentaba a mi izquierda, y en la calle no llevaba coleta, pero en el cole sí, porque decía que el pelo se le quedaba enganchado en los tornillos de la silla. Me miró y me saludó guiñándome un ojo, porque había aprendido hacía poco. Tenía los ojos azules y a veces verdes, y si la mirabas de cerca, cuando le daba el sol directo, veías cómo le cambiaban de color.

Tema doce, dijo Maripuerto. El encuentro con Jesús nos salva.

Mientras la profe leía, yo miraba a Telma, que estaba dibujando, porque en clase se aburría mucho y se ponía a dibujar naves espaciales, agujeros negros y más cosas del espacio exterior. En el último test de inteligencia le había salido que era casi superdotada. Se quedó a un punto, y a su madre le dieron un certificado y le propusieron adelantarla un año, con los de sexto, pero prefirió que siguiera en quinto porque era diciembre y ya no iba a descambiar los libros.

No habléis, dijo Maripuerto. Atentos. Jesús, cuando pasaba por el lago de Galilea, se paró a descansar debajo de un árbol. El cielo estaba despejado ese día, no había nubes, y vio que saltaban muchos peces y que todos los pescadores tenían las redes llenas. Allí estaban Simón y Andrés, que eran los más trabajadores del grupo, los que más madrugaban. Jesús se acercó con cuidado de no asustarlos. Al principio, los dos hermanos no le prestaron mucha atención.

A abuela no le hacía gracia que estudiara cosas de la

Biblia, porque ella era antiDios. Cuando me veía haciendo los deberes de religión, me decía que eso eran fanfarronadas y yo le contestaba que Maripuerto no era monja, no nos enseñaba rezos, solo nos contaba las historias de Jesús, pero a ella le daba igual una cosa que otra. A mí no me gustaba que abuela no creyese en Dios, porque así no podía ir al cielo después de morirse. Tía Justi decía que los que no creen como mucho se quedan en el purgatorio, pero que al cielo imposible.

Y después de acercarse a ellos, ¿sabéis qué les dijo Jesús? Digo yo que alguno lo sabrá, ¿no? Porque si no lo sabe nadie, yo no sé para quién hablo, a lo mejor hablo para la araña esa de ahí arriba.

Maripuerto sabía contar bien las historias religiosas, no nos aburría mucho, pero tenía una mala leche de tres pares de narices. Hacía preguntas, no dejaba tiempo para responder, y claro, como nadie se atrevía a interrumpirla, se encabronaba ella sola y daba golpetazos con el borrador en la mesa. Ella era así, no necesitaba que nadie hiciera nada para echarnos la bronca.

Yo lo sé, contestó Marina. Venid en pos de mí, y haré que seáis pescadores de hombres.

Menos mal que hay una, dijo. Una de veinte, manda narices. Sigo yo con la parábola y haced el favor de estar atentos, que esto es un centro educativo, no una guardería. Una vez que Simón y Andrés dejaron sus redes, le siguieron, y a medio camino preguntaron a Jesús si tenía hambre, si quería comer algo y Jesús contestó que no, que ya comerían juntos a la hora del mediodía. Pasando de allí, un poco más adelante, vieron a Jacobo y a Juan, también ellos en una barca, remendando las redes.

Noté un retortijón y eso era por culpa de la leche, que

me sentaba mal, pero mis padres nada, se pensaban que era un capricho mío. Cuando me pasaba eso, lo único que podía hacer era cagar, pero Maripuerto te bufaba si le pedías salir al baño, así que me aguanté.

Juan y Jacobo soltaron las redes, dijo la profe, y miraron a Jesús con cara de sorpresa. Lo pensaron durante cinco minutos, desconfiaban de aquel señor que les pedía que abandonaran su trabajo, pero al final Jacobo acabó convenciendo a Juan. Dejaron en la barca a los demás jornaleros y siguieron a Jesús. Y ahí se acaba la parábola. Abrid el cuaderno, venga, y escribid estas preguntas que os voy a dictar. ¿Qué pasa cuando nos encontramos con Jesús? ¿Qué ideas has sacado de los seguidores de Jesús?

Nos pusimos a escribir y ella abrió La Opinión.

Se oían las hojas del periódico cuando pasaba de una a otra, las risas de los de parvulitos en la otra clase y a Telma afilando el lápiz. Maripuerto era la única que no nos dejaba ir a la papelera a sacar punta, así que nos tocaba hacer una mini papelera con un folio y sacar punta en el sitio, sin levantarnos. Telma no hizo caso de las preguntas y siguió con los dibujos. Cuando alguna profe pillaba a Telma dibujando y le echaba la bronca, ponía cara de pena, con el labio así, como cuando vas a llorar, y el truco le funcionaba porque nunca la echaban al pasillo.

Al acabar la clase, salimos al jol, que era donde se colgaban los murales y donde se hacían las obras de teatro en Navidad. Las paredes del jol estaban hechas con tablones de madera, y no había ventanas en las paredes, solo una grande en el techo y por ahí entraba la luz. Había una mesa de pimpón, pero no nos dejaban jugar, porque la sala de profesores estaba al lado y decían que armábamos mucho jaleo.

En el jol estaba el fotógrafo, el mismo que los otros años, que tenía el pelo blanco entero y se tocaba mucho las gafas al hablar. El hombre había colocado dos taburetes, y detrás de los taburetes, había puesto dos cartones grandes, uno de color rosa y otro de color verde. El dolor de tripa me iba y venía cada poco, pero al sentarme, al lado de la mesa de pimpón, noté unas punzadas en el estómago como si se te mete dentro una culebra que no para de moverse y te da mordiscos. Fui corriendo al baño, sin pedir permiso ni nada.

En las paredes del baño faltaban azulejos y la luz no era como la de las clases, que se iba encendiendo poco a poco. En el baño había una bombilla que se encendía de repente, pero casi no alumbraba. Tenía ganas de cagar, pero a lo mejor empezaban ya con las fotos, y no sabía si aguantarme hasta después, porque a veces cagaba de repente, pero otras me tocaba estar sentado mucho rato hasta que salía.

Cuando desayunaba la leche mala, cagar era un trabajo, y por mucha fuerza que hiciera, no salía nada al principio. Empujaba y empujaba y, al rato, me venían los calambres todo por aquí y me sudaban los pies. Muchas veces, como ese día, acababa tumbado en el suelo, boca abajo, con las piernas pegadas a la barriga, y me balanceaba así, igual que los moros al rezar, y esperaba un poco hasta que se me desenrataban las tripas y podía echarlo todo.

Pensé que a lo mejor me había mirado un tuerto, porque, entre lo de llegar tarde al cole y ahora el dolor de tripa, no era normal. Pero no había ningún tuerto en Vallesordo, así que sería por otra cosa.

Tiré de la cadena, y antes de salir, me miré al espejo a ver cómo estaban las cejas, y vi que se me había quitado la vaselina. Las cejas eran transparentes otra vez, un poco oscuras donde la nariz y luego nada, como si no existieran. Saqué el bote de vaselina y lo dejé donde el grifo. Unté el dedo y fui dándome en las cejas con cuidado de no salirme. Después me quedé un poco delante del espejo, mirando a ver qué pasaba si movía las cejas, y probé caras distintas. Apreté las cejas igual que cuando me enfado. Luego estiré la cara como cuando te dan una sorpresa de las buenas. Ahora intenté levantar una ceja y dejar la otra quieta como los detectives. Me gustaba, porque no se notaba nada raro, las cejas parecían mías de verdad. No eran transparentes. Eran pelirrojas oscuras, casi morenas.

Al salir al jol, vi que algunas chicas de clase se habían pintado los labios y Marina, que era una pija, porque su madre trabajaba en una oficina de Zamora, le estaba quitando los nudos a Eva con un peine de brillantitos. Soraya le estaba explicando a Mayra que no podía salir en la foto con un jersey verde y un pantalón azul, que esos colores no pegaban. Las profes estaban al fondo, donde la mesa de pimpón, cuchicheando y mirando a todos los sitios. Me dio rabia no saber lo que decían.

¿Otra vez con la tripa?, me preguntó Telma.

Me lo preguntó como si le molestara o algo, y me dieron ganas de morderle el brazo, pero no, porque ella podía más.

Sí, dije, pero ya estoy bien.

Todos los días igual, eh.

Ya, maja, ¿y qué quieres que haga?

Telma era medio boba cuando se ponía así, pero le

tenía cariño porque me defendía de los mayores y porque acariciaba a La Yesi mucho rato cuando íbamos a mi corral.

Los de cuarto ya se habían hecho las fotos y ahora nos tocaba a los de quinto. Mateo y Víctor, que iban delante de mí, estaban echando un piedra, papel, tijera, y el que ganaba le daba una colleja al otro. Qué manía con lo de pegarse, eran unos pesados, y aunque jugasen a un juego normal, se inventaban lo de dar una colleja al que perdía.

Izan iba delante de mí, y estaba tan tranquilo, masticando chicle, porque él nunca se ponía nervioso con nada, ni con los exámenes de mates. Cuando se subió al taburete, el fotógrafo le mandó tirar el chicle a la papelera, y mi amigo puso cara de hartura, pero al final le hizo caso.

Cuando se volvió a sentar en el taburete, me fijé en las orejas, que las tenía salidas, pero le quedaban bien. De más pequeño no le gustaban y se las tapaba con una gorra, pero ahora ya se había acostumbrado a ellas. Al sonreír para la foto, se le vieron los paletos, que los tenía separados y en las guerras de agua nos mojaba con el chorro que le salía por ese agujero. También hacía pompas de saliva y las hinchaba sacando el aire por ahí. Las chicas decían que era el más guapo de clase, porque tenía el pelo rubio y siempre metía gol en los recreos. Me gustaba cuando ganábamos un partido porque al acabar, iba dándole abrazos a todos los del equipo, pero a mí me abrazaba más rato y me cogía de la espalda con fuerza y me tiraba por el aire.

Tú, dijo el fotógrafo. Eh, tú.

¿Qué?

Venga, que te toca.

Cuando volví a mirar al taburete, ya no había nadie. Mi amigo estaba ahora jugando a piedra, papel, tijera con Mateo y Víctor. A veces pasa eso, que te quedas pensando en tu amigo y no te enteras, y se te va el santo al cielo, como decía Tía Justi.

Me senté en el taburete, que era igual de incómodo que mi sillín, y se me clavaban los huesos del culo. Me incliné un poco hacía delante para ver si así estaba más cómodo, pero nada, daba lo mismo, había que aguantar. No podía gesticular mucho por si me quedaba una ceja más alta que la otra. Quería salir en la foto igual de bien que en el espejo del baño, con los ojos abiertos, pero no tanto, sin cara de susto.

Un poco más recto, dijo el fotógrafo.

Hinché los pulmones y me enderecé.

Clic clic, hizo una foto.

Una mosca se posó en la cámara y el hombre la espantó. Cogió un pañuelo azul y echó el aliento en el cristal. Después de limpiarlo, se colocó detrás de la cámara, me preguntó si estaba enfadado y me pidió que sonriera un poco. El fotógrafo no era como mi padre. Hablaba más bajo, y al hablar, movía las manos de otra manera, así, como mi tía de Salamanca. Me daba curiosidad eso. Sonreí, pero sin enseñar los dientes, no me gustaba, porque tengo un paleto renegrido desde el día que me caí y me di contra el poyo.

Clic clic, hizo otra foto.

¿Quieres verte y elegir tú la que más te guste?, me preguntó el hombre.

Maripuerto estaba de brazos cruzados al lado del fotógrafo. No podía cuchichear con las otras profes porque no se llevaba bien con ellas. Por eso se hacía la chulita y se encargaba de poner orden en todas las actividades. Yo no sabía qué contestar. Bueno, sí sabía, pero me daba vergüenza.

Di, chaval, ¿quieres verlas?

Me puse de pie y me quedé en silencio un momento. Lucas iba después de mí, ya estaba viniendo hacia donde yo. A lo mejor el señor se ha dado cuenta de la vaselina, pensé, y se me va a acercar, va a mirar bien, y hala, a repetir las fotos por haber hecho trampa. Lucas se apoyó en mi hombro y subió al taburete. Pensé que sí, que me apetecía elegir una que saliera con las cejas oscuras, pero miré a Maripuerto y vi que tenía los ojos en blanco.

El señor me hizo un gesto con la mano para que me acercara.

No, dije, da igual. La que tú prefieras.

Por las tardes, había que ir a las clases de comprensión lectora, al taller de papiroflexia o a los cursos de informática. Eran actividades optativas, y los que no íbamos, o nos inventábamos una excusa o nos cogían manía los profesores. Yo le dije a Maripuerto que me tocaba ayudar a mi padre en las tierras, pero lo que quería era quedarme en casa viendo Fama, el programa de baile. A mi madre le parecía bien, porque decía que ya pasaba muchas horas en el colegio, y que tantas horas no es bueno, pero mi padre decía que de la tele no iba a sacar nada. Cuando mis padres discutían, abuela y yo salíamos al corral, porque enseguida empezaban con los gritos. Al final, mi madre convenció a mi padre, y me dijeron que hiciera lo que yo quisiera.

Fama lo echaban en la cuatro de lunes a viernes. Los lunes, bailaban todos, el jurado votaba al favorito, y el ganador era inmune durante una semana, así que no podían nominarlo. Los martes, los profesores elegían a cinco bailarines y esos cinco bailarines tenían que crear una coreografía grupal. Me daba mucha envidia el coreógrafo, porque además de bailar él, mandaba bailar a los otros. Los miércoles era el día de las coreos por parejas, y al final del programa, los profesores nominaban a dos participantes y había que llamar al sietecincosietecincoseis para salvarlos. Los jueves tocaba expulsión, que era muy triste con la canción de Mika y todo eso, y los viernes entraba una pareja nueva.

El profe más marimandón era Rafa, que enseñaba fanqui y se atusaba mucho el pelo cuando la coreo le parecía chuchurría. Se agarraba la coleta con las dos manos y echaba unas broncas de tres pares de narices. Era de las islas Canarias y a veces se hacía el chulito y hablaba como las mujeres de las telenovelas.

Mi favorita se llamaba Yurena y también era de Canarias, pero no hablaba así. Tenía unas mechas rubias que le llegaban por la cintura. Yo la llamaba Yure, como sus amigas de la academia, y cuando me tocaba correr los relevos en gimnasia, y notaba el ahogo en el pecho, pensaba en ella, y parecía que corría a mi lado, y me gritaba venga, palante, palante, y yo seguía corriendo y no paraba.

Yure llevaba gorra casi siempre y era la número uno en el estritdans, que es el estilo de los que cantan rap y hacen grafitis. Además, imitaba muy bien a Maiquel Yacson.

¡Bienvenidos a Fama, a bailar!, dijo la presentadora. Ya estamos en el ecuador del programa y la presión sobre los bailarines es cada vez mayor. Los chicos y chicas han ensayado con muchas ganas, mucha fuerza, las coreos de esta semana. Ginés y Raquel son los primeros en saltar a la pista, y atención, porque lo harán con Yasdans, uno de los grandes temas de esta edición. Veamos cómo han ido los ensayos de Ginés y Raquel.

La presentadora se llamaba Paula Vázquez y cada día llevaba una ropa diferente con los pendientes conjuntados. Iba siempre muy guapa, con el pelo largo con muchos rizos, y a mí eso me daba alegría. Esa tarde llevaba un vestido verde y unos pendientes que eran como culebras.

Mientras ponían los ensayos de Raquel y Ginés, salí a por las latas de Coca Cola, que estaban en el corral, en el armario de las zapatillas viejas. Cuando volvía de coger las latas de la papelera, las enjuagaba con Fairy, las secaba con cuidado y las escondía allí, en el armario ese, al fondo del todo, porque si no abuela las tiraba a la basura. A abuela no le gustaba lo del baile al principio.

El armario de las zapatillas lo había colocado mi padre detrás del cerezo, debajo de la ventana. El cerezo lo plantó abuela cuando murió mi abuelo, hace muchos años, antes de nacer yo, y está a la brigada, así que da igual por donde sople el viento, que solo le mueve un poco las hojas de arriba. Y enfrente del cerezo está el poyo, donde se sienta mi madre a fumar, y donde me di el golpe y por eso se me quedó el diente renegrido. Detrás del poyo, abuela mandó construir el pozo nuevo, aunque la polea es del pozo antiguo, igual que la soga, que está despeluchada y parece siempre que va a romperse, pero no se rompe.

Al fondo, en una esquina, está la caseta donde abuela dormía en verano porque es fresquita. En invierno, la usábamos para guardar los trastes y para meter a La Yesi cuando helaba, y ahora está ahí de adorno. La caseta la hicieron con las piedras de la casa vieja, porque mis abuelos también vivían a las afueras, como nosotros, pero más lejos del pueblo todavía, donde el monte.

Abrí el armario y saqué unas zapatillas de andar por casa de mi madre, que estaban medio pochas, y las últimas deportivas mías, que se habían agujereado por delante. Estaba cogiendo las latas de Coca Cola, con cuidado de no hacer ruido, por si abuela se despertaba de la siesta, cuando entró La Yesi corriendo a toda pastilla.

Se me aceleró el corazón, iba rápido rápido, y notaba los ojos que me latían por dentro. La Yesi corría en círculos alrededor mío, pero yo estaba con el susto, no quería saber nada de ella. Intenté coger aire, pero casi no podía, y me puse la mano en el pecho. Cerré los ojos. Aguardé un poco así a ver si se me pasaba.

Menudo susto me dio La Yesi aquella vez, casi me mata la tonta de ella.

Fue a chuparme la mano, pero la quité, porque tenía los bigotes sucios y la boca le olía a alburnio pocho. La Yesi era una perra pequeña, así, de este tamaño, y era mestiza, con una raya negra que le salía del cogote y le bajaba por la espalda hasta la cola. Casi siempre andaba en la calle y la preñaban cada dos por tres, pero comía y dormía en mi casa. Abuela le había hecho un agujero en la puerta del corral, un círculo, y por ahí entraba y salía.

La Yesi se tumbó a mi lado, con las patas boca arriba, a ver si la acariciaba, pero yo no tenía tiempo, tenía que irme, que ya estarían Raquel y Ginés con la coreo suya. Empezó con los gruñidos de siempre, que por eso a Telma le daba pena y la acariciaba tanto rato.

No tengas morro, Yesi, le dije, que casi me da un infarto por tu culpa.

Me entendió, porque ella tonta no era, pero siguió con

los gruñidos, y no paró hasta que le hice quiliquili en la tripa. Se quedó adormilada así, con la lengua fuera, y yo entré al salón.

Yasdans la cantaba Leidi Gaga, y era una de mis canciones favoritas porque venía la primera del disco, aunque esta vez iban a bailarla Raquel y Ginés, que ni fu ni fa. Como los bailarines no me encantaban, pero la canción me gustaba mucho, me imaginé una historia para bailarla, que es lo que hay que hacer si te toca una coreo y no sientes conexión. Es un truco de Rafa, te inventas un cuento y eres un personaje del cuento mientras bumbumplac.

Coloqué las latas en el suelo, horizontales.

Me encajé los tacones, clac, clac.

Leidi Gaga empezó a cantar lo de Redguannn convikkk gaaaga y yo era una criada de los bosques con un vestido verde y con margaritas en la cola del vestido y un nido en la cabeza. Los pájaros revoloteaban alrededor mío, y eran muy pequeños y me sujetaban la cola del vestido entre todos para que no se me rasgara con las zarzas de las cunetas.

En la parte que Leidi Gaga canta lo de Itcuuuul wasdeneim nananana, mi compañero de baile saltó desde la encina, y tenía músculos grandes en los brazos, y se le marcaba el hueso de la garganta. Se colocó detrás de mí, me puso una mano en el hombro y me dijo en voz baja Nico, confía, déjate caer hacia delante. Eso es lo mejor, cuando tú y tu pareja tenéis la misma eneryi y bailáis a gusto y solo hay que seguir bailando, sin mirar al jurado y sin preocuparte de la inmunidad.

Nos pusimos frente a frente y me agarró de las muñecas, pero sin apretarme mucho. Subió el brazo derecho en diagonal y yo subí el izquierdo, así, eso lo llamo yo el paso del espejo robótico. Cuando giró la cabeza, le vi el músculo del cuello, que se le notaba, y di un golpe de melena hacia el otro lado. A Rafa le gustaba que los bailarines sacaran tetas después del melenazo, así que hicimos eso, bumbumplac, y después movimos los hombros hacia los lados como cuando una culebra se enfada y se engarabita. Nos salió bastante bien.

Ahora teníamos que decirnos adiós con los ojos, sin rozarnos ni un poco, y después perdernos por los caminos del bosque. Nos tocaba caminar en direcciones contrarias y no podíamos mirar atrás hasta que llegara el estribillo. Me recoloqué el nido de la cabeza, que con el golpe de melena se me había torcido un poco.

Cuando Leidi Gaga cantó lo de Yasdaaaaans gonabioquei dadadadaaa, nos dimos la vuelta, nos miramos desde lejos, y corrimos hasta llegar a la encina. Era el momento del porté. Estaba un poco nervioso, pero eran nervios de los buenos, no nervios de llorar. Subí trepando a lo alto de la encina y él levantó los brazos para recibirme y yo salté todo lo que pude y allí estaba, con el ombligo apoyado en su cabeza y aguantando la respiración. Estiré el cuello y miré hacia arriba, y el cielo era azul azul, y había una nube, y yo era una cigüeña a punto de salir volando.

Nada más acabar la coreo, me tumbé en el escaño, porque cuando bailaba con mucha eneryi después me costaba coger aire y me daba el mareo. Me quedé mirando a la bombilla, y veía puntitos de colores revoloteando alrededor, muchos.

Qué nivel tienen estos chicos, dijo Paula Vázquez. Yo porque tengo las tarjetas y se me caen, que si no aplaudía también. ¿Os acordáis cuando entraron, eh, quién iba a decir que alcanzarían este nivel? Bueno, seguimos, y de Ginés y Raquel nos vamos a Sergi y Eva, que han preparado con Rafa una coreo... digamos, nada fácil. Veamos las imágenes de los ensayos.

Yo seguía tumbado, no me levanté, porque si me levantaba veía alrededor manchas negras y perdía el equilibrio. Notaba calambres alrededor de los ojos, como hormigas caminando por las cejas, pero me toqué con la mano y no había nada. Siempre me pasaba eso, que tardaba un rato hasta que podía bailar otra vez, no era capaz de hacer dos coreos seguidas.

Estaba así, en el escaño, intentando llenar los pulmones, cuando sonó el timbre.

Me asusté, porque era raro que tocasen al timbre a la hora de la siesta. Mi madre no podía ser, porque había reñido otra vez con abuela y dijo que no iba a comer más en casa, que a partir de ahora iba a comer con las amigas de la resi. Tía Justi no, porque ella entraba directa por el corral, no llamaba al timbre. Y mi padre tampoco, porque había acabado de cosechar la avena, que es lo que más trabajo daba, pero le faltaba por recoger el trigo y la alfalfa y no venía a casa hasta la hora de cenar.

Me quité las latas de Coca Cola y las metí debajo del escaño, por si acaso.

Me asomé por la mirilla de la puerta y vi a Izan y a Telma. Se estaban dando manotazos porque Izan quería ponerse él primero, y Telma ella primera. Tenían los mofletes rojos, como si hubieran venido corriendo. Abrí la puerta.

¿Qué hacéis? ¿Por qué tocáis el timbre?

Este, dijo Telma, que es medio bobo. Le he dicho que entrásemos sin llamar, que estabas tú solo, y él que no, que no.

A mí no me insultes, dijo Izan. Nico, ¿te acuerdas de la última vez? Tu abuela me dijo que no podía ir por ahí como Pedro por su casa y que si no se oyen voces en el corral hay que tocar el timbre por si acaso.

La próxima tocáis en la puerta y ya está, dije. No hace falta el timbre.

Izan fue a pasar, pero no le dejé, puse el brazo, porque habían dejado las bicis tiradas en el camino. Abuela decía que hay que dejarlas de pie, que se estropean si no.

Eh, las bicis bien colocadas, dije.

Me gustaba cuando venían a mi casa porque podía ser un mandón yo, no como en el cole o en la plaza, que mandaban más ellos. Me hicieron caso y colocaron bien las bicis, sobre la pared. La de Telma era una Dunlop roja, que tenía el sillín más alto que el nuestro, porque nos sacaba una cabeza. La mía era una BH azul oscura, que se le salía la cadena cada poco y era una jodienda, pero corría bastante. La de Izan era una Orbea naranja y me daba envidia su sillín, porque era uno de los grandes, de los que tienen muelles. Además, cada día llevaba unos tapones distintos, porque se le daba muy bien robarlos.

A veces, le ayudábamos a robar tapones Telma y yo los domingos, cuando venía a misa gente de otros pueblos. Aparcaban a este lado del río antes de subir a la ermita, y nosotros aprovechábamos bien la media hora que duraba la misa antes de que bajaran al vermut. Primero, caminábamos calle abajo, pasábamos revista a todos los coches y nos fijábamos bien en los tapones buenos. Después, elegíamos los mejores y subíamos la calle. Izan se agachaba disimulando como para atarse las zapatillas y enseguida desenroscaba los tapones. Telma y yo le cubríamos, como cuando una chica mea en las fiestas de Vallesordo y las otras se ponen alrededor, y jugábamos a piedra, papel, tijera. Si veíamos un mayor cerca, gritábamos tijera dos veces.

Nada más entrar en la cocina, Izan se fue a la despensa, porque La Rumana no le hacía la comida si había mucho trabajo en el bar. La Rumana es la madrastra de Izan, y la primera vez que la vi, pensé que era un chico porque no tenía bultos donde las tetas. Empezó a salir con el padre de Izan hace unos cuantos años, pero no son pareja, no están casados. El bar es de él, del padre de Izan, aunque casi siempre está jugando a las tragaperras en Zamora y la que trabaja es ella. La Rumana tiene un tatuaje de una mariposa azul en la mano y cuando íbamos a ver las carreras de motos al bar me dejaba tocarla. Decía que no le había dolido.

Los días que no le hacían la comida, Izan comía las tapas que sobraban, pero se quedaba con hambre y llegaba a mi casa deshambriado. Antes lo reñía cuando entraba a la despensa sin pedir permiso, pero ya no, porque abuela decía que si un amigo entra en casa con hambre no puede salir igual.

Izan volvió de la despensa con los labios manchados de blanco y rascándose una oreja, que es lo que hace cuando quiere disimular, pero no le sale bien porque tiene las orejas grandes.

¿Cuántos nevaditos te has comido?, le pregunté.

Uno, dijo.

¿Cuántos te has comido? Dime la verdad.

Dos, pero porque el segundo estaba medio partido y no lo iba a dejar ahí.

¿Dos solo?

Dos, te lo prometo.

Eso quería decir que tres, pero bueno, no le dije nada más por no discutir.

En la tele estaban haciendo la coreo de Manfils Sergi y Eva, que eran un poco flipiflipi porque sabían más trucos que los demás. Tenían los ojos maquillados por debajo con sombras negras y unos pantalones grises con agujeros.

Se llevaron las manos al pecho así, de repente, y tiraron hacia abajo como para arrancarse las camisetas. Me daban un poco de envidia porque se notaba que llevaban muchos años bailando. Luego levantaron los brazos y los movieron en el aire igual que los vaqueros del oeste cuando hacen un nudo y se lo lanzan a los cuernos del toro. Acabaron en el centro del escenario, abrazados, respirando fuerte, y Rafa Méndez se puso de pie y les aplaudió.

Miré a mis amigos a ver qué cara tenían y parecía que les había gustado. No era la primera vez que veían Fama conmigo, y cuando una coreo no les gustaba, enseguida sacaban el móvil y se ponían pikipikipiki con los dedos. Izan y Telma tenían móvil porque se lo habían regalado en la comunión, pero yo, como abuela era antiDios, me quedé sin comunión y sin móvil.

Cuando dieron los anuncios, mi amigo cogió el mando y bajó el volumen de la tele.

Don Esteban le ha dicho a mi padre que hay un entierro el sábado, dijo, y que la misa va a ser a las doce. Es de un señor que vivió aquí de pequeño, pero que llevaba muchos años en Bilbao, y que se llama no sé cómo. Podemos quedar a las doce y cuarto en el banco de la plaza, que seguro que viene algún coche con tapones de los buenos.

¿Para qué quieres más tapones?, pregunté yo.

Para venderlos, que hay una página en internet que si los subes te los compran y te pagan dinero.

Yo no puedo, dijo Telma. Este fin de semana me toca con mi padre.

Los padres de Telma estaban separados porque el padre había conocido a otra mujer en Valladolid. El padre se dedicaba a vender líneas de teléfono y así conoció a la mujer de Valladolid, vendiendo teléfonos, cuando tocó el timbre y le hizo una oferta.

Joder, macha, dijo Izan. Ya te marchaste también el fin de semana anterior. ¿Vas a hacer lo mismo en verano? ¿Te vas a ir a Valladolid cuando vengan todos?

A mí no me digas, majo. Díselo a mis padres.

Izan se tumbó en el escaño y cerró los ojos. Se ponía las manos en el pecho, así, como los muertos, y cerraba los ojos, pero no se dormía, era solo para llamar la atención. Aguantaba dos minutos o menos.

Telma levantó el hule de la camilla y sacó una hoja. Abuela guardaba ahí los calendarios viejos, las facturas, las listas de la compra y todo. Telma cogía cualquier papel, le daba la vuelta y se ponía a dibujar por el otro lado. Me pidió un lápiz y le dije que fuera a por él, que ya sabía dónde estaban. Una vez, le pedimos que nos hiciera un dibujo a Izan y a mí, los dos sentados en el poyo del corral, pero nos contestó que no pintaba personas, que solo pintaba cosas del espacio exterior. A Telma, cuando dibujaba, se le iba el santo al cielo, y para que te hiciera caso no valía con decir su nombre, tenías que darle en el hombro o gritarle en el oído.

Me meo, dijo Izan.

Pues vete a mear al corral, contesté.

No, al corral no, que hay mucho viento y me salpica.

No te mojas. Te pones a la brigada, donde el cerezo, que ahí no corre el aire. Que si no luego vas al baño y estás tres horas, como siempre.

No tengas morro, macho. Cuando vas tú al bar, ¿te mando yo salir fuera a mear a la calle? ¿A que no?

No lo dejaba ir al baño porque, ya que había venido, quería que viera conmigo las demás coreos de Fama. Aunque no le gustaran mucho, por lo menos podía estarse quieto, como cuando íbamos a ver las motos Telma y yo al bar y estábamos con él sin tocar las narices.

Aguanta un poco, Izan, y ahora vas, que falta poco para que acabe Fama.

No. O me dejas ir al baño o me voy a mi casa.

Izan era un pesado y siempre había que hacerle caso, y si no le hacías caso cogía la bici y se iba de verdad. A mí me daba rabia eso, porque cuando era al revés, yo decía también ¿a que me voy?, ¿a que me voy?, pero al final no me atrevía y me tocaba aguantarme.

Hala, dije, pues vete al baño.

Ven tú si quieres conmigo, que no voy a romper nada.

No sabía qué hacer, porque tampoco quería estar yo solo viendo Fama, Telma dibujando a su bola, y mi amigo tardando mil horas hasta que volviera. La siguiente actuación era de Marisa y Omar, que me caían bien, pero les tocaba hacer una coreo de Yasfusión, que es el estilo de baile de los que llevan sombrero de mago y bailan en las películas, y es un poco aburrido.

Ya habíamos entrado al baño juntos más días, pero otras veces Izan no ponía el tranco.

En el bar a veces meábamos los dos a la vez, porque el váter era grande, pero el de mi casa no, así que tocaba mear uno primero y luego el otro. Izan se puso delante de mí y enseguida se bajó los pantalones y los calzoncillos. Tenía una marca de nacimiento en el cachete izquierdo que parecía la silueta de La Yesi cuando empuntiaba las orejas. Mi amigo siempre tardaba en mear más que yo, le duraba el chorro igual que a mi padre.

¿Por qué es la mancha esa?, le pregunté.

¿Esto? Es una fresa. Mi madre tuvo antojo de fresas cuando estaba embarazada de mí.

La madre de Izan se separó del padre cuando estábamos en parvulitos. Ahora vivía en Zamora con un señor que siempre llevaba un gorro naranja y que escupía por la ventana del coche y que a veces venía a buscar a mi amigo a la salida del colegio.

¿Y no se puede quitar la mancha?

Qué más da, si nadie me la ve.

Ya, bueno.

Y tú, ¿no vas a mear?

Cuando termines tú, que aquí no entramos los dos.

Pues hala, mea, que yo ya.

Me acerqué al váter y él, en vez de ponerse en una esquina, se quedó ahí de pie. En el bar era más fácil porque meábamos los dos a la vez, pero mear yo solo y el ahí mirando, no me salía. Cerré los ojos y pensé en el agua del pozo, en el lago de Sanabria, en las cascadas finas que caían por las montañas de los Arribes. Hice toda la fuerza que pude, pero me salieron dos gotas.

Ah, dije. Pues creí que tenía más ganas.

Me subí los calzoncillos y los pantalones y tiré de la cadena. El váter ya era viejo y cuando tirabas de la cadena se quedaba sonando un rato y soltaba un ggggg igual que un gualquitalqui jorobiado. Cuando me di la vuelta, vi que Izan estaba en el espejo sacando bola, como los de lucha libre cuando ganan el combate. Me miró por el cristal con cara de flipiflipi y me dijo:

¿Jugamos a peleas?

¿A pegarnos?

A pegarnos, pero de mentira. A pressincach.

A Izan, cuando decía algo que le apetecía mucho, se le hinchaba la vena del cuello y se le ponía azul. A mí no me gustaban las peleas, pero tampoco soy un caguica, así que le dije que vale, que podíamos pelearnos, pero con cuidado de no romper nada. Justo al decirle que sí, pensé que mejor otro día, aunque no me atreví a pedírselo y noté que se me escapaba un poco de pis, que es lo que me pasa cuando me dan los nervios de repente.

¿Y si nos caemos al suelo y nos damos en la cabeza?, pregunté.

Es verdad, contestó.

Y se quedó pensando un poco. Él pensaba así, con un ojo medio cerrado, igual que su padre cuando contaba las monedas en el bar. A veces llamaban al padre El Tuerto, pero no muchas veces, porque no le gustaban los motes y daba puñetazos a la mínima. Mi amigo fue donde los albornoces y cogió el rosa, que era de mi madre y estaba suave al tocarlo. El de mi padre era naranja con hilos sueltos, y abuela no usaba albornoz.

Estíralo bien, dije, pon la capucha recta y así parece más grande el escenario.

No se llama escenario, dijo. Cuando es de lucha, se llama rin.

Con el albornoz en el suelo, ya podíamos pelear, pero fallaba algo. Olía un poco mal y no era el olor al ferruje de las tuberías como otras veces. El olor venía de la esquina, al lado de la ventana, que era donde abuela ponía el cubo de la ropa sucia. Me acerqué y enseguida noté el olor de los calcetines de mi padre, y cogí el espray de toallita fresca y lo eché en el cubo.

No valen patadas ni puñetazos, dijo.

A mí me parecía bien eso, porque me daba miedo darme un golpe en la cabeza y quedarme tonto para siempre, que eso hay gente a la que le pasa.

¿Y tortas?, pregunté.

Tortas tampoco. Solo agarres.

Pensé que eso era sumo y no lucha libre, pero no le dije nada porque no me gusta ser el que dice esto es así, esto es asá y estropea el juego. Apoyó sus manos en mis hombros y yo apoyé mis manos en los suyos.

Se le pusieron ojos de pelea, de querer ganar. Él empujaba fuerte, con cara de enfado, y yo aguantaba y me agarraba al albornoz con los dedos de los pies. Izan tenía las uñas largas, y al apretar, me daba miedo que me hiciera sangre.

Cuando respiraba, le salían cachos de saliva por la boca igual que a los luchadores profesionales. Yo intenté respirar también así, sacando babas, pero tenía la boca seca.

Quería ponerle la zancadilla por detrás, tirarlo al suelo y después subirme encima y no quitarme hasta que se rindiera, pero cuando lo intenté, me hizo una llave y en menos de un segundo me tenía agarrado por el cuello. Me quedé así, sin poder hacer nada.

Lo bueno fue que no tuve que rendirme, porque justo cuando notaba que me faltaba el aire y ya estaba a punto de darle tres golpecitos en el codo, alguien intentó abrir la puerta y mi amigo se asustó y se puso de pie.

¿Quién es?, preguntó.

Soy yo, dijo Telma. ¿Quién va a ser? ¿Por qué ponéis el tranco? Nico, tú mucho que te gusta Fama, pero bien que te vas enseguida al baño con Izan. ¿Qué estáis haciendo?

Lucha libre, dije.

Pues entro y hago de árbitra.

Macha, dijo Izan, ¿por qué no meas en el corral? Por tu culpa nos toca volver a empezar otra vez. Ya casi se iba a rendir Nico.

Le di un puñetazo en el hombro, aunque luego me arrepentí, porque si él me daba otro puñetazo seguro que me hacía un moratón. Como él tenía más músculo, no le salían moratones, solo a veces en las piernas.

No me meo, dijo Telma. He venido porque me aburro. No quiero dibujar más. Venga, o abrís, o abrís.

Cuando Telma entró, se tapó la nariz con las manos, porque decía que olía igual de fuerte que cuando su madre echaba el matamoscas en el salón. Le dije que era flusflus de toallita, pero a ella le dio igual, y abrió la ventana.

En el albornoz solo cabíamos dos y el rin era muy pequeño, así que mi amiga tuvo que hacer de árbitra desde el plato de la ducha.

Din, din, din, dijo Telma.

Izan intentó agarrarme de los hombros, igual que antes, pero yo sabía que no podía dejarme agarrar o estaba perdido, y por eso, cada vez que se acercaba con las manos, me escurría rápido hacia abajo y después daba un salto. Mi idea era moverme mucho, no estar quieto y, cuando mi amigo estuviera un poco mareado, engancharle del cuello y apretar hasta que se rindiera.

Estuvimos así un rato, él intentando capturarme y yo poniéndome de cuclillas y levantándome enseguida como una rana que da saltos. Telma no era una árbitra muy buena, porque nos atizaba con la esponja de abuela, que era una esponja atada a un palo, para ver si así nos picábamos y peleábamos de verdad. En uno de mis saltos, Izan consiguió agarrarme del pecho, y yo intenté escapar y me daba igual si la camiseta se rompía.

Me tiró al rin y me puso el brazo en el cuello.

Estuve a punto de hacerle la pinza con las piernas, pero se sentó encima de mí y ahí ya me fastidió pero bien fastidiado. Telma preguntaba si quería rendirme, y yo decía que no y aguantaba, aunque notaba calor en los ojos. Seguí aguantando un poco, intentaba escaparme de la llave, hasta que ya no pude más y le di tres toques en la espalda.

Izan se subió a la tapa del retrete, como los luchadores cuando ganan y se suben a las esquinas del rin. Miraba al espejo con cara de chulito, con una ceja más levantada que la otra, y animaba al público para que aplaudiese. Se asomó por la ventana y gritó como un loco.

No grites, majo, que como se despierte mi abuela...

¿Ya te has picado, no?

Odiaba eso, cuando Izan empezaba con el ¿ya te has picado, no? porque lo decía a la mínima y me daban ganas de machacarlo.

Venga, daros un abrazo, dijo Telma. Deportividad.

Yo por mí sí, dijo Izan.

Me gustaba abrazar a Izan, pero ahora no me apetecía, porque además de rendirme delante de Telma, no iba a darle un abrazo. Una cosa es deportividad y otra cosa es hacer el ridículo.

Me quedé tumbado en el albornoz, sin decir nada, y como vieron que no me movía, se me echaron encima y acabamos jugando al Ropa que hay poca. Me quedé yo abajo del todo y se me subió Telma primero, que le olía el aliento a Doritos, porque comía chupitainas de postre en vez de comer melón. Luego saltó Izan, que era muy cabrito, y le apretaba la espalda a Telma para que me asfixiara más. Estiré el brazo y enganché a mi amigo de la coletilla. No lo solté hasta que prometió que, nada más soltarlo, se quitaría y empujaría a Telma.

Al final, bajamos también el albornoz de mi padre, porque si no, no había sitio para los tres, y nos tumbamos con las manos detrás del cuello como si fueran una almohada.

Se estaba a gusto así, con el aire entrando por la ventana y sin tener que hacer ejercicios de matemáticas porque en junio ya no ponían deberes. El váter se calló, no hacía más ggggggg y se oían solo los pájaros del campo y los mastines que ladraban a lo lejos.

Algunos días, antes de cenar, cuando mi madre estaba en la residencia, mi padre cosechando, y abuela en casa de Tía Justi, no había nadie en casa, solo La Yesi y yo. Era la mejor hora, porque ya no calentaba el sol como por la tarde, pero todavía quedaba algo de luz, se veía bien. Además, el aire corría un poco, se notaba brisa, y el cielo se ponía de color bonito, medio naranja, medio rosa, y yo miraba el cielo, con la luna ahí arriba, y me entraban unas ganas de bailar más grandes que una galaxia entera.

Me gustaba hacer las coreos en el corral, con La Yesi mirándome, porque me miraba con ojos de curiosidad, moviendo la cabeza a los lados y aguantaba así, sin salir corriendo, hasta el final del baile.

Esta vez no quería que me mirase, quería que bailase conmigo, así que descolgué una camiseta blanca de la cuerda de la ropa, una mía que usaba de pijama, y se la puse en la cabeza. Le quedaba bien, parecía que tenía una melena larga como la de Yure. Tuve que ponerle la melena tres veces, porque se la quitaba todo el rato.

Antes de hacer la coreo, me tocaba entrar en el salón, coger el equipo de música, que estaba debajo de la tele, acercarlo a la ventana que daba al corral y retirar la mosquitera. Lo malo es que el cable no llegaba tan lejos, se quedaba colgando, y si alguien llega a entrar por la otra puerta y no ve el cable, menuda leche. Le di al play y rápido salí al corral.

La primera canción del disco es Apoloyais, que no es de fanqui, es de lírico, y no se baila bumbumplac, se baila descalzo, sin tacones, y con movimientos pesados de astronauta en la luna.

Nada más empezar la coreo, miré al suelo, pero no de repente, despacio, como la mujer de la telenovela cuando se despide del caballista, y después di un salto en el aire con las piernas estiradas, así, haciendo el espagar. La Yesi me seguía a un lado y a otro, pero no bailaba, y yo quería que fuera mi compañera de coreo, así que cuando el cantante llegó al estribillo, a lo de istuuuuulei, la levanté en el aire bien alto y la miré a los ojos, que los tenía con lagañas negras.

Ahora estaba bailando de puntillas con La Yesi subida al hombro, que casi se me caía por la espalda. Me dio un lametazo en la oreja y me hizo cosquillas, pero no me reí, porque reírse cuando estás bailando es de ser poco profesional. Hicimos un porté, y levanté a La Yesi arriba del todo, como el mono cuando coge a Simba en la peli, y ahí es cuando el cantante cantó lo de ieeeeaaaao, que es como de dolor, y mientras cantaba eso nosotros fuimos bajando hasta el suelo muy despacio sin doblar la espalda.

Acabó la coreo y nos quedamos quietos enfrente del cerezo, con el público dando aplausos. El público eran el cepillo, la fregona, las sillas de tomar el fresco, el armario de las zapatillas viejas y el mono azul de mi padre, que lo dejaba siempre en un puntal que hay detrás del árbol. Estábamos así, cogiendo aire, esperando a que dejaran de aplaudir, cuando se oyó la puerta del corral y entró abuela, que venía con dos bolsas llenas de calabacines. Venía acalorada, con los mofletes rojos, y me riñó por tener la música tan alta.

Haz el favor de bajar la música, Nico, que luego pasa alguno por el camino, lo oye, y ya está largando en el bar al día siguiente.

Abuela siempre estaba con eso, con lo que iba a hablar no sé quién al día siguiente, todo el rato igual. Dejó las bolsas en el suelo y se sentó en el poyo.

Aquí no molesto a nadie, dije. No hay casas alrededor.

No, si no es molestar, hijo, no es molestar.

¿Entonces?

¿No ves que se ve todo desde fuera, que las paredes son muy bajas? Cualquiera que pase por ahí con el tractor y le dé por asomarse, te ve bailando aquí como bailas tú, ¿y luego qué?

Abuela dijo eso con voz triste, pero no me dio pena, me dio enfado, porque tenía mucho morro, y cuando quería que le hicieras caso, ponía la voz así, y a mí no me daba la gana, en mi corral mandaba yo. Pensé eso, aunque no lo dije, porque abuela, si le llevabas la contraria, no te pegaba, porque pegarte ella no, pero menudos gritos.

Entonces, dije, ¿es por la música? Si bailo sin poner música, ¿no pasa nada?

Vamos, anda, apaga eso y lleva los calabacines a la despensa. Y no te andes poniendo bobo, que vengo cansuta y no me apetece gritar. Les han salido chiquiticos esta vez los calabacines a Tía Justi, míralos, será por la falta de agua.

Abuela hacía eso cuando me veía bailando, me mandaba cualquier cosa y hala, se acabó el baile. Me pedía que la ayudara a doblar las sábanas y las toallas, o me mandaba limpiar la camilla con el flusflus aunque ya estuviera limpia, o me decía que fuera sacando los yogures del frigorífico que así luego no dolía en los dientes al comerlos.

Entré en la cocina, apagué el equipo de música y lo volví a poner en su sitio, debajo de la tele. Una vez, no le hice caso a abuela cuando vino de donde Tía Justi, y seguí bailando a lo mío, y ella se enfadó y desenchufó el equipo de música a lo burro, tirando de él, y casi rompe el cable.

Saqué el disco con cuidado de no rayarlo, y lo guardé en la caja. No quería obedecer a abuela, y me dio el enfado, porque ¿por qué tenía que hacerle caso siempre y acabar haciendo lo que ella mandaba? Fui a poner otra vez el disco, pero no, pensé que mejor otro día, no me apetecía escuchar a abuela gritando cago en crista, cago en crista, eres un desgraciado blablablá.

Llevé las bolsas de calabacines a la despensa, que olía a hoja de laurel, porque Tía Justi también plantaba eso en el huerto suyo y nos daba un montón. Dejé las bolsas al lado del frigorífico y me senté allí, a oscuras. Poco a poco se me fue la rabia y me vino la tristeza, me pasaba eso siempre. El suelo estaba frío y se oía el krrrr del frigorífico, que era ya muy viejo. Apoyé la cabeza en las rodillas y me quedé así un rato, sin moverme, y aunque estaba triste no lloré, no me salían las lágrimas.

Esa semana cenábamos abuela y yo solos, porque mi padre seguía cosechando el trigo, y mi madre, cuando le tocaba turno de tarde, no salía de la residencia hasta las doce. Abuela me dejaba cenar lo que quería y casi siempre le pedía croquetas y calamares. Las croquetas las hacía ella, porque decía que así son de más alimento, y los calamares eran del Eroski.

Aunque ya hacía tiempo de verano, todavía seguíamos teniendo clase, y como al día siguiente había que madrugar, no me dejaban salir por las noches con mis amigos, pero sí me dejaban tomar el fresco con ellas, con abuela y Tía Justi. A veces aparecía también Luci La Lanera, y entonces yo me quedaba en el salón viendo la tele, porque si no me ponía la cabeza como un bombo.

Esa noche tuve suerte y solo vino Tía Justi, que entraba sin llamar y casi no hacia ruido. Si abuela ponía la tele a todo volumen, no nos dábamos cuenta de que había venido hasta que salíamos al corral. La veíamos allí, esperando sentada debajo del cerezo, tan tranquila, acariciando a La Yesi. Llevaba un pañuelo negro en los hombros, y cuando se levantaba para irse y estiraba los brazos, parecía un murciélago gigante.

Se sentaron, cada una en su silla, y enseguida empezaron a hablar de religión, que si el papa esto, que si el papa lo otro, que si la Virgen no sé qué. Yo no me enteraba de mucho, pero me gustaba oírlas, porque cuando se enzarzaban apretaban las manos contra las sillas, y torcían el morro, así, y era divertido.

Mucho te ríes tú, me parece a mí, dijo Tía Justi. Menudo granuja estás hecho.

Me puse rojo, porque mientras ellas hablaban, yo jugaba con las ramas del cerezo como el que no quiere la cosa. Pensaba que así creerían que estaba despistado y que no me enteraba de nada, pero esa vez, como me reí, se dieron cuenta. No contesté a lo de Tía Justi, me senté con La Yesi en el poyo, de espaldas a ellas, y hacía como que jugaba con ella, le ponía las orejas delante de los ojos, le metía los dedos en la boca, pero seguía escuchando.

¿Y la pichona, qué tal está?

Tía Justi llamaba así a mi madre, pichona, porque cogió la costumbre cuando mi madre era pequeña, y después, aunque creció, no le cambió el nombre.

Bien, dijo abuela, bueno, ya sabes cómo es ella, que bien del todo nunca está.

¿Pero qué tal está de lo suyo?

Lo suyo son los nervios, pero no los nervios de estar nervioso, los nervios que te aprietan la cabeza y no te dejan mover las piernas. Eso decía mi madre cuando estaba mal, que parecía que tenía una cuerda atada de un tobillo a otro, y que no podía moverse, ni hablar ni nada. Abuela eso no se lo contaba a nadie. A Mauri, mi tía de Salamanca, la mentía mucho, porque cuando llamaba por teléfono siempre le decía está un poco mejor ya, o lleva una semana que da gusto, o no tan mal como entonces. A Tía Justi también la mentía, pero no tanto.

Pues ha andado una semana pachucha, dijo. Será el cambio de tiempo, que andamos todos medio a medias.

¿Ha vuelto a la médica?

El día que Tía Justi se enteró de que mi madre iba a la médica de la cabeza, riñó con abuela, porque estaba en contra de las pastillas, decía que eso era más pa perjuicio que pa beneficio. A Tía Justi la llamaban La Curandera, porque hacía colonias con las flores de las cunetas, te quitaba el culebrón con un mejunje negro, te daba una pomada de hierbas para el dolor de cervicales o te rezaba las verrugas y se te caían.

Ya hablaremos de eso, Justi, que está el muchacho aquí delante.

Odiaba cuando pasaba eso, cuando parecía que era invisible, pero zas, se daban cuenta de que estaba ahí y cambiaban de tema. Era igual que al jugar al esconderite inglés, que dabas un paso rápido, y parecía que te iba a dar tiempo, que ibas a ganar, pero el otro se giraba de repente y hala, te tocaba volver atrás del todo. Estuvieron un rato hablando de lo buenos que habían salido los calabacines, que eran pequeños, pero estaban ricos, y abuela sacó el tema de la sequía, porque estaba obsesionada con que no caía una gota, y Tía Justi le dio la razón.

Al poco rato, volvieron otra vez con lo de la religión, porque en eso no estaban de acuerdo y les gustaba mucho discutir.

¿Qué tendrá que ver el papa con la Virgen nuestra de aquí?, dijo Tía Justi.

Lo mismo da uno que otra. Unos sacaperras, dijo abuela.

Sí, casi lo mismo. Yo le pido a santa Eulalia, como le pedía mi padre y le pedía mi abuelo. Y si no quiero no le doy un duro. El papa a mí ni me va ni me viene.

A Tía Justi le salió un gallo al decir esto último y se quedaron calladas. Esta vez me reí para dentro, con el estómago, y no hice nada de ruido. La Yesi estaba harta de que le tocara las orejas y me lanzó un mordisco, aunque era un mordisco de mentira, porque me cogía la mano con los dientes, pero no apretaba.

Calla, dijo abuela, ahora que hablamos de esto, no te he contado lo del otro día. El martes fue. Estábamos comiendo, que te diga Nico, y suena el timbre.

Le iba a contar la historia de los Jehovás, que habían venido a casa hacía un par de días. Abuela me había dicho que no le dijera nada a Luci La Lanera si venía al corral, porque ya tenía ella suficiente con lo que tenía. A abuela le gustaba contar las cosas muchas veces, y la historia de los Jehovás ya se la había contado a Tía Mauri por teléfono, aunque era más divertido cuando contaba las historias a Tía Justi, porque con Tía Mauri no era tan exagerada, no imitaba la voz de la gente ni abría tanto los ojos.

¿Y quién era?, preguntó Tía Justi.

Suena el timbre, dijo abuela, y yo pensé pa mí será que alguien ha muerto, porque a estas horas… o algún incendio o algo. Abrí la puerta, y cuando… coño, los de la Biblia. Él, alto, derechico como una vela y ella más bien gordota, muy guapa.

¿Los de Jehová? ¿Querían convencerte?

Me preguntaron si había leído la Biblia, Justi, y yo le contesté que la había escuchado leer en misa. Entonces él sacó del maletín un folleto y empezó a hablar de la esperanza, de la alegría, hablaba bien, como un ministro. Ella lo mandó callar y me preguntó si vivía sola, si mi marido seguía vivo. No dije ni mú. El otro siguió con la alegría y la prosperidad y que si la Biblia esto y la Biblia lo otro.

¿Y estuvieron mucho rato aquí? ¿Qué más te dijeron?

No hablaron de Jesús ni de Dios al principio. Solo de la Biblia. Él dijo que no existía el fuego del infierno, que había un castigo eterno, pero no de fuego. Ella, que estaba al quite, habló del camino de la salvación. De que el mundo se había vuelto tiránico y pensé yo, ¿a mí me lo vas a contar? Justi, si estos fueron los que convencieron al hijo de Luci La Lanera, que no vino ni al entierro del padre ni nada.

Ya, ya lo sé, pero no empecemos con ese tema, que como empecemos, no salimos de ahí. ¿Y después de la salvación, qué más te contaron?

Espera a ver si me acuerdo, dijo.

Abuela se acordaba de sobra, pero hacía eso para que a Tía Justi le diera más curiosidad, y le dijera venga, bonita, que me tienes en ascuas. Esta vez Tía Justi aguardó sin decir nada y abuela siguió pensando, y ella pensaba así, con un dedo en la boca, mordiéndose los pellejos de la uña. Cogí la silla de tela mía, la más pequeña, y me senté entre las dos. Tía Justi atendía echada hacia delante, con la cabeza girada porque solo oía bien del lado derecho. El oído izquierdo se le pudrió de pequeña por culpa de un bicho, que le picó y no la curaron bien. La Yesi vino, se me quedó amonada en los pies y cerró los ojos.

Ah, sí, dijo abuela, ya sé, él volvió al ataque con lo del infierno, un lugar donde no hay ni llamas, ni azufre, nada de lo que nos contaban aquí en misa. Habló de una gruta, una cueva negra con hielo en las paredes y chillidos de ratas. Gente desnuda, con los pies quemados por el frío, y ni un trocico de madera, nada de lumbre.

Menudos son estos, dijo Tía Justi. Vaya espabilados. ¿Entonces ahora resulta que no hay fuego en el infierno?

Ni una miajitina, dijo abuela. El infierno es una cosa que está bajo cero. Con carámbanos en el techo y gente acurrucada con escarcha en el pelo. Más frío que en lo más profundo del lago de Sanabria, para que te hagas una idea. ¿Como esos de la tele que viajan a Rusia, tiran un caldero de agua y el agua se congela antes de caer? Pues así.

El viento movió las ramas altas del árbol y la polea del pozo, que al agitarse hacía el ruido de un animal, parecía el rebuzno de una mula. Tía Justi se tapó los brazos con el pañuelo negro.

A mí se me escapó la risa un poco, dijo abuela. Y ahí fue cuando él estiró la mano, a ver si cogía yo el folleto de la esperanza, pero no se lo cogí. Y ella, la gordota, que llevaba venga a soplar un rato, medio harta, le dio un codazo al hombre, se me puso enfrente y me preguntó si creía o no creía.

Tía Justi se inclinó aún más hacia delante, tenía el culo casi fuera de la silla.

¿Y qué le dijiste?

Que es por ahí por donde tendrían que haber empezado.

¿Solo eso?

Y que no volvieran a mí con dioses ni con diosas. ¿Religiones a mí, Justi? Si tengo aquí la verdadera y no creo.

Mi madre, cuando trabajaba de tardes, desayunaba por las mañanas conmigo, pero llevaba unas semanas que no, que aunque estuviera en casa se levantaba a las diez o más, cuando yo ya me había ido al cole. Abuela decía que lo de dormir tanto era por las pastillas nuevas, que eran muy fuertes. Es verdad que con esas pastillas ya no estaba sonámbula, pero dormía mucho, y abuela la reñía por eso.

Al volver del cole ese día, vi a mi madre tumbada en el escaño, jugando al móvil. Sobre todo jugaba al Candicras porque los demás juegos al final la aburrían y se los quitaba. Era mejor no hablarle si estaba con el juego, porque a veces se enfadaba solo por decirle hola, y menudos gritos. En la tele estaba La Ruleta de la Suerte, y me caía bien la presentadora, porque cuando iba a dar la vuelta a las casillas acertadas hacía mucho ruido con los tacones, claclaclaclac. Seguro que tenía un armario hasta arriba de tacones, porque cada vez llevaba unos diferentes.

No sabía dónde estaba abuela, hasta que oí el ruido de la cisterna y el ggggg que sonó después. Abuela tenía la costumbre de ir a mear después de poner la mesa, antes de sentarse a comer. No me saludó al entrar ni me dio un abrazo, traía cara de enfadada, no sé por qué.

¿Todavía echada, bonita?, dijo nada más entrar en el salón.

Mi madre no contestó y subió el volumen del Candicras, que a veces discutían por eso, porque abuela se encabritonaba con el titiriritirí titiriritirí y después acababan dando unas voces que se oían en todo el pueblo y alrededores. A mí tampoco me gustaba el sonido ese, aunque ya no le decía nada, porque un día se lo dije y me dio una colleja de las que duelen. Me acuerdo que ese día salí corriendo en cuanto se levantó del escaño, pero fue peor, porque como no me dejé pillar se enfadó más todavía, y me insultó por todo el corral hasta que me agarró, y pumba. Se lo conté a abuela a ver si me defendía, pero no me defendió, solo le dijo oye, en la cabeza no le pegues.

¡Que si todavía echada, te estoy diciendo!

Mi madre miró de reojo a abuela y siguió pikipikipiki con los dedos. Eso era mala señal, porque cuando no contestaba y abuela quería hablar con ella, al final mi madre la insultaba, le decía loca de las narices o cosas peores. Cuando le gritaba a abuela, me daban ganas de morderle el pelo, pero no se lo mordía porque me sacaba dos cabezas y podía más que yo.

Ya voy, dijo mi madre. Y no grites, que yo también sé gritar.

Mi madre, cuando decía las cosas enfadada, ponía tieso un dedo en el aire y a mí enseguida me entraba el nervio, porque algunas veces me daba con ese dedo en las costillas y parecía un dedo de cemento de lo duro que estaba. Dejó el móvil y me saludó, me dijo hola, pero sin mirarme, y se acomodó en el escaño. Ella comía así, sentada, y se ponía dos cojines debajo del culo para quedar a la altura de la camilla.

Abuela acercó la bandeja grandota llena de patatas, huevos, palitos de cangrejo, atún y aceitunas verdes. Da gusto comer ensaladilla cuando todavía no ha acabado el cole, porque cuantas más ensaladillas comes, menos tarda en llegar el verano, que lo decía Izan siempre.

Nico, alcánzame la mahonesa, dijo abuela.

¿La de por la mitad o la otra?

La de por la mitad, que estará a punto de esbaratarse, si no se ha esbaratado ya. A ver que pruebe con el tenedor.

Mi madre no estaba muy habladora. Abuela le hacía preguntas y ella contestaba no, sí, no, sí. Sí le había cambiado las ruedas al coche. No tenía días libres ese fin de semana. Sí le había pedido a la médica que le hicieran otra vez unos análisis. No había vuelto a hablar con el jefe.

¿Y entonces ya estás mejor en la residencia?, dijo abuela.

No, mamá, no he hablado con el jefe porque nunca está en el despacho cuando voy. Sigo estando igual que ayer, y que hace un mes. Hasta las narices.

Mi madre trabajaba desde hacía tres años en una residencia de Zamora, la que está en la rotonda, nada más entrar. Antes, había trabajado de cajera, de vendedora de zapatos, de ayudanta de un mecánico y de telefonista. El primer año en la residencia había ido muy bien, porque el jefe era majo, y no la mandaba hacer horas extra ni cuidar de las viejas de la tercera planta, que son las que muerden y echan escupitajos. El segundo año, vino otro director, no hicieron buenas migas y mi madre empezó a ir a la médica de la cabeza.

¿Y hasta las narices por qué?, preguntó abuela.

Pues mira, la compañera de la que te hablé, la de la hernia, le han dado dos meses de baja, y el jefe, en vez de contratar a otra auxiliar, ha dicho que nos apañemos estos meses como podamos entre nosotras, que dos meses se pasan enseguida. Se piensa que podemos ducharlos y cambiar las camas en cinco minutos. Pues sí, va listo.

Mi madre apretó la servilleta en la mano. Gastaba muchas servilletas al comer, y la primera que cogía, después de usarla, hacía un burruño con ella y no la soltaba hasta que acababa el postre. Ella comía así, con la mano apretada, y si la movía de repente yo me echaba hacia atrás, por si acaso.

La ensaladilla estaba muy rica, aunque los palitos de cangrejo no me los comí porque daban un sabor a pocho, y los fui apartando con el tenedor, y se los eché a mi madre, que a ella sí le gustaban. A mi padre tampoco le hacían gracia los palitos de cangrejo, pero ese día no estaba, seguía cosechando, y ya le faltaba poco, o eso decía.

Acabamos la ensaladilla y abuela se levantó a la despensa y volvió con las rodajas del melón, que era de los amarillos, de los ricos. Arrastró la silla con cuidado, sin hacer mucho ruido, y se puso al lado de mi madre. Le quitó las pepitas a una rodaja y se la dejó en el plato.

No tengo casi hambre, dijo. Una más pequeña mejor.

Come esa, anda, que es la que mejor pinta tiene.

Mi madre medio sonrió y abuela le dio un abrazo. Eran medio gilimemas a veces, y no había quien las entendiera, porque se hablaban mal, y al poco rato se querían, así como si nada. Además, me molestaba que se quisieran así conmigo delante, porque abuela nunca daba solo un abrazo. Se encariñaba y enseguida empezaba con los arrumacos y los besos y los ven aquí mi vida. Mi madre hizo un puchero con los labios y, más que mi madre, pensé que era una niña de parvulitos o una tonta.

Después del melón, me levanté yo a por las pastas, que las hacía Tía Justi y daban a limón, porque tenía un limonero en el huerto suyo. Abuela solo nos dejaba comer dos cada uno, más no, porque en mi familia somos muy gutos, y decía que un primo suyo había muerto de diabético, y antes de morirse, le cortaron una pierna y luego otra. También serví yo el café, que estaba ya hecho en la cafetera. El de abuela era leche con una miajitina de café y el de mi madre café solo, muy oscuro.

Abuela machacó el dulce y metió las migajas en el vaso. Era mejor no mirar donde ella cuando hacía eso, porque le mirabas el vaso, y veías una papilla con tropezones y menudo repelús. Además, hacía fffftt ffffftt con la boca al sorber el vaso. Mi madre comía el dulce de otra manera. Mojaba un poco, le daba un muerdo, luego mojaba otro poco y así.

Y entonces, ¿qué te dijo ayer la médica de la cabeza?, preguntó abuela.

Siquiatra, mamá. Llama a las cosas por su nombre, haz el favor.

¿Qué te ha dicho?

Pues que así no puedo seguir. Eso me ha dicho.

Bueno, hija, ¿pero tan mal estás?

Si ya lo sabes, ¿para qué preguntas?

Que no, mujer, eso es que se te ha atravesado hoy el día. A mí, cuando me pasa eso, doy un paseo. Y si con uno no vale, doy dos.

Joder, ¿pero tú me escuchas cuando hablo?, dijo mi madre.

Abuela se enfadó otra vez, porque era cariñosa, pero si le gritabas un poco, enseguida se chiscaba y estiraba la cabeza así, hacia delante, como una tortuga cuando va a morder, y se le marcaban los tendones del cuello.

¿Y tú a mí?, dijo abuela. Tienes trabajo, un marido que no para de trabajar, el niño que no da problemas en el colegio, yo, que me preocupo por ti, ¿qué más quieres?

Un trabajo de mierda es lo que tengo, contestó mi madre.

Cerró los ojos un momento, y después se dejó caer hacia un lado y hundió la cara en el cojín. Nunca había visto llorar a mi madre despierta. Las otras veces habían sido de noche, cuando se levantaba sonámbula y caminaba por el pasillo.

Abuela le puso una mano en la espalda, me miró y dijo:

A veces al día le da por torcerse, y por mucho que tú quieras, no eres capaz de enderezarlo. Tú tranquilo, ya verás como duerme bien esta noche y mañana ni se acuerda de por qué llora hoy.

No suspendí ninguna, pero no se me dan bien los números y en mates aprobé por los pelos, saqué un cinco. A Izan siempre le ponían un siete en mates, aunque hacía lo mismo que yo, pero bueno. Telma sacó todo muy buenas notas, menos en religión, que Maripuerto le puso un seis.

Otras veces, el día que nos daban las vacaciones, íbamos con las madres al merendero de la ermita y hacíamos una fiesta que duraba hasta que se hacía de noche. Mientras daba el sol, nos poníamos a la sombra de los árboles que eran muy altos, más que un edificio, pero se habían torcido con el viento y parecía que iban a caerse. Cada uno llevaba algo de comida, merendábamos allí y jugábamos al pueblo duerme, que es un juego muy divertido, pero siempre hay alguien que hace trampa porque se aburre de ser aldeano y quiere ser el asesino o la puta o el policía. Yo hacía trampa si jugábamos los de mi edad, si estaban los mayores no, porque se enfadaban y pumba, te daban una leche. Mis dos días favoritos eran el día de la función de Navidad, porque actuar con un disfraz me da alegría, y el día del merendero.

Esa vez me quedé sin fiesta, porque mi madre decía que estaba cansuta y que ella si eso me hacía una tortilla de patata para llevar, pero no iba a ir donde la ermita porque ya no era un crío y no hacía falta que estuviera pendiente de mí como con cuatro años. Le dije que me daba vergüenza ir yo solo y que La Rumana iba y la madre de Telma también, pero nada, no la convencí. Cuando le pregunté a abuela si podía acompañarme, contestó que no, que ella allí no pintaba nada, así que no fui, porque me daba vergüenza ser yo el único que iba solo.

Estaba yo tumbado en el escaño y me imaginé a Izan y a Telma corriendo a por el pañuelo, los dos con cara de rapidez, con los de sexto animando, y me puse a llorar. Apreté la cara contra el cojín porque así podía llorar y gritar a la vez y nadie me oía, era como estar en una habitación oscura con las persianas bajadas. Cuando parecía que se me iba a cortar el lloro, seguía llorando, no se acababan las lágrimas. Tardó un rato la tristeza hasta que se me pasó. Después le di la vuelta al cojín, porque era marrón clarito y se notaba que estaba mojado, y a lo mejor venía abuela y preguntaba.

Sonó el timbre y enseguida fui corriendo al fregadero, me di con agua en la cara y me sequé con el trapo de la cocina, lo primero que pillé. Pensé que eran Izan y Telma, que venían a buscarme, pero no, era el cartero, un señor que siempre llevaba un boli en el bolsillo de la camisa y otro detrás de la oreja. Se quejaba porque decía que tenía mucho trabajo y que todavía le faltaban veintipico años pa jubilarse. Las cartas que llegaban otras veces eran para mis padres y las mandaba Caja Rural, los de Jehová, los de Yondir o el jefe de mi madre, pero ese día el cartero dijo mi nombre. Nicolás Pérez Rincón.

Cogí la carta y me puse de puntillas para darle las gracias, porque no me gusta cuando me hablan y no me miran a los ojos, parece que no existes o algo. Pero él siguió pasando las cartas con cara de concentración, dijo que no había ninguna más para nosotros, y se fue.

Abrí el sobre y allí estaban, las fotos de los diez años. Eran nueve en total, una grande, tres medianas y cinco pequeñas como las del deneí. El truco de la vaselina había funcionado, y salía con cejas de verdad, con pelos encima de los ojos, tampoco muchos, pero de color castaño, no eran transparentes.

Recorté las fotos pequeñas y guardé dos debajo del hule, una para Izan y otra para Telma, porque ellos tenían móviles con fundas transparentes, y así podían ponerme en la parte de atrás y llevar mi cara con cejas a todos los sitios.

Volví a sentarme en el escaño, encendí la tele y vi que ya estaban acabando los deportes, que era lo que iba justo antes de Fama. Lo bueno de no ir a la merendola era eso, que podía ver Fama y bailar bumbumplac, cadera, cadera, melenazo y hacer una coreo con mucho poder en los ojos y hala, así no pensaba más en mis amigos corriendo por donde la ermita.

Ese día, Paula Vázquez llevaba un vestido gris brillante y unos pendientes dorados que soltaban reflejos. Iba con el pelo engominado para atrás como las guapas. Paula Vázquez daba gusto por eso, porque salía con vestidos bonitos y estaba alegre los lunes, los miércoles y cualquier día. Eso sí, como era tan alta, no se ponía tacones, solo a veces.

¡Bienvenidos a Fama! Entramos, ahora sí, en la recta final del programa, y eso quiere decir que ya solo quedan tres semanas para conocer al ganador o ganadora de esta edición. Hoy tenemos coreografías grupales impresionantes y una noticia que os pondrá muy contentos, sobre todo a los más pequeños de la casa. Como ya sabéis, los primeros en bailar hoy son Raquel, Ginés, Sergi y Eva. Así han ido los ensayos con Sergio Alcover esta semana.

Sergio Alcover era el profe de estritdans y se notaba que era un crac porque hacía unos pasos de baile que nadie más sabía. Su favorita era Yure y se entendían muy bien entre los dos. Cuando les tocaba juntos, imitaban a Maiquel Yacson al final de los ensayos. Además, se hacían bromas de amigos, de tú a tú, porque Sergio Alcover sabía que Yure es Yure.

Sergi, Eva, Raquel y Ginés bailaron una canción de Fifticen, la que suena tiririrí, tororoRó, y es verdad que tenían mucha técnica y que no se equivocaban en ningún movimiento, pero si los mirabas, veías que no tenían la eneryi que tenía Yure. A Yure se le ponía cara de poderosa y achinaba los ojos así, como diciendo esta soy yo, miradme, que vais a alucinar.

Cuando acabaron la coreo, los profes les dijeron que muy bien, que magnífico, que eran unos grandes bailarines, pero bah, a esos cuatro los aplaudían siempre mucho, menuda pesadez.

Dieron los anuncios y yo no tenía ganas de merendar, porque abuela me había obligado a repetir y había comido dos platadas de arroz con pollo. Mi madre estaba enfadada porque abuela le dijo una noche que tenía que cambiar de pastilla, que la que tomaba era muy fuerte, y riñeron, y desde entonces solo venía a casa a cenar y a dormir. A abuela no le gustaba que sobrara comida y me obligaba a comer a mí la parte de mi madre. Cada vez estás más delgado, me decía, se te va a juntar el estómago con las costillas, y me tocaba aquí, donde el ombligo. A mí me daba miedo ser un escuchimizado y no tener fuerzas para nada, así que comía todo, pero después me quedaba en pena.

Mientras duraban los anuncios, salí al corral a por las latas de Coca Cola. El cielo estaba nublado, pero las nubes no metían ruido. Ese año pasaba todo el rato eso, que parecía que iba a llover, pero al final no llovía, porque soplaba mucho viento, el aire se llevaba las nubes negras a otros pueblos y caía el agua allí.

La Yesi estaba echada en la tapa del pozo, con las patas hacia arriba como una cucaracha. Allí dormía ella cuando tenía calor, porque la tapa del pozo es de metal y siempre está fresquita. Me acerqué a La Yesi, que no se puso de pie enseguida, como otras veces, solo levantó un poco la cabeza y me miró por el rabillo del ojo.

Le acaricié la tripa y se la noté más abultada que de costumbre.

El último parto había sido en enero, medio año antes, y me tocó meter los cachorros en una caja de patatas y después ir puerta por puerta ofreciéndolos a la gente a ver si los quería. Solo Luci La Lanera me cogió uno. Volví a casa con los demás y, al día siguiente, abuela los metió en un saco y los tiró al contenedor. No le hablé durante una semana, y no quería hablarle hasta que me pidiera perdón y me prometiera que no iba a tirar cachorros a la basura nunca más, pero nada, ni una cosa ni la otra, y al final le hablé, porque si estás mucho rato callado parece que vas a explotar por dentro.

La Yesi tenía las orejas con mordiscos y eso era mala señal, porque uno de los perros novios de La Yesi, yo creo que era Bomboniche, le clavaba los dientes cuando triscaban. Le dejaba cachos de la oreja sin pelo, calvas donde se le veía la carne rosa.

¿Otra vez preñada, Yesi? le dije. Si ya pariste en enero y ahora otra vez preñada. ¿Y qué hacemos con los hijos? ¿Los vas a regalar tú o qué?

Cuando la embarazaban, La Yesi era como una estufa. Le acercabas la mano y antes de tocarla ya notabas cómo subía el calor. Ella también lo notaba y por eso dormía donde el pozo.

No me mires así, maja, que la culpa es tuya, no mía.

Me senté al lado suyo y la acaricié por detrás de las orejas, que era donde más le gustaba. Ella seguía boca arriba, con cara de gusto y con la lengua fuera.

Luego le hice zigzag en la barriga con los dedos. La Yesi no tenía cosquillas, y aunque le hurgaras con un dedo en el sobaco, no se movía ni un poco. Estuve así un rato, dándole masajes, hasta que me aburrí.

Como la mosquitera estaba abierta, se oía la tele desde el corral. En cuanto oí a Paula Vázquez, saqué las Coca Colas del armario y entré corriendo. Eran las dos últimas latas, y pensé en ir luego a la papelera del depósito, que seguro que había más, porque ya hacía muy buen tiempo y Cipriano pasaría mucho rato en el banco bebiendo Coca Colas y charlando con los viejos.

Paula Vázquez dijo que Yure y sus compañeras bailarían Dechanchanté, una canción de Keit Rayan, y que mientras se vestían, ella aprovechaba para pedir donaciones a una oenegé que construía pozos de agua potable en África. Dechanchanté no estaba en el disco mío, ni tampoco Badromans, de Leidi Gaga, ni la de Teknolochec, que esa no me acuerdo quien la cantaba, ni la de Prodiyi, de Manfils, que es una canción de oscuridad con mucho radiovoltaje.

¡Me dicen por el pinganillo que Yure, Marisa y Eli ya están listas!, dijo Paula Vázquez. Ya sabéis que Rafa exige mucho a las bailarinas en las actuaciones grupales. Como Yure se adelante en los pasos, Marisa no coja la actitud o Eli se ponga tan nerviosa como en los ensayos... no sé qué pasará. Mandadles energía positiva desde vuestras casas. Yo les deseo suerte. ¡Música y a bailar!

Keit Rayan cantó lo de nalleeeee danleee saaatru, el foco de luz iluminaba desde lo alto y Yure y sus compañeras aparecieron sentadas en un sofá rojo, dándole la espalda al jurado.

Se dieron la vuelta despacio, al ritmo de la música, y caminaron hacia delante moviendo mucho los hombros hasta llegar adelante del todo. A Yure no le gustaba maquillarse, pero ese día llevaba pintalabios rojo y le quedaba muy bien. Luego bumbumplac, fuerte con la cadera a un lado, al otro lado, y melenazo en redondel. Yo hice lo mismo, a la vez que ellas, y me salió bien, y me sentí un bailarín profesional de verdad. Yure fue bajando al suelo con ojos de poderosa, y Marisa y Eli daban saltos en el aire abriendo las piernas porque ellas eran más flexibles.

Cuando Keit Rayan cantó lo de Rianadesoooon eeeee rianebaaa, enseguida se juntaron en el centro, y se dieron un beso las tres a la vez, en la boca, y se fueron corriendo cada una a una punta del escenario. Yo nunca había visto dos chicas dándose un beso, y tres chicas a la vez menos todavía, y casi doy un grito, pero no, tenía que seguir bailando. El foco de luz iluminaba un poco más a Yure que a Eli y a Marisa.

Llegó el estribillo y fue lo mejor. Keit Rayan cantó lo de tutecaoooo acoteee tuuuumesiiideoomemo, y era un estribillo de samba y chundachunda, un estribillo de música de África y también de discoteca móvil de las fiestas de Vallesordo todo junto mezclado, y me dieron cosquillas por la espalda y todo para arriba hasta el cerebro.

Yure hizo el molinillo con los brazos, y movió la boca como para cantar, pero no cantó, porque Rafa decía que eso es de malas bailarinas. No se canta.

Después Yure se colocó en el centro y bumbumplac, se puso de rodillas, apoyó la cara en el suelo y subió las piernas al techo. Dechanchanté es una canción de fanqui y ese es un paso de estritdans, pero daba igual, Yure podía mezclar y le salía bien.

Yo la estaba imitando, pero ese paso no me salía, porque yo no soy mucho de estritdans, así que hice el paso del espejo robótico, un brazo en diagonal a la derecha, el otro brazo a la izquierda y bumbumplac. Cuando bailaba a la vez que Yure era divertido, porque me crecía el pelo hasta la cintura, y me sentía como bailando en la pista de Fama con el cuerpo engarabitado y con mucha eneryi por todo el cuerpo.

Salió Paula Vázquez con el vestido negro y la melena despeluzada. Se notaba que se movía mucho, que iba y venía, porque cuando el programa llevaba ya un rato tenía el pelo revuelto y hablaba como cuando hablas después de correr los relevos en gimnasia.

Paula Vázquez llamó a Rafa, el profe de fanqui, y le pidió que se encargara él de dar la buena noticia. Rafa iba muy elegante, con una camisa negra con tigres dibujados. Llevaba un collar delgado de oro, con una cruz que le colgaba, y estaba más moreno que el padre de Izan, que ya es decir.

Mientras Paula Vázquez hacía un repaso de la gala, Rafa la miraba con cara de ñu y esperaba a hablar dándose toquecitos en la mamola con el dedo.

Okei, Paula, dijo Rafa. Llevo queriendo gritar a los cuatro vientos este pedazo de noticia hoy, ayer, antes de ayer, el día anterior… En fin. Centrémonos porque esto es increíble. Cojan papel y boli, niños y niñas, apunten las fechas, preparen sus coreos, pónganle a sus coreos toda la eneryi del mundo, porque el año que viene… ¡tendremos la primera edición de Fama Kids!

Rafa fue anunciando las ciudades y las fechas, una por una, pero yo no era capaz de oírlo. Veía que movía la boca y que decía palabras, y que miraba la tarjeta, y que seguía abriendo y cerrando la boca y diciendo algo, pero yo no entendía. Era como un pitido en los oídos, igual que cuando te dan con un balón en la frente, te caes de espaldas, y estás en el suelo, y no oyes nada, solo eso, piiiii.

Y ya me bajo, que es la hora, pero una pregunta, ¿a ti te gusta la canción de Keit Rayan? ¿Y por qué no la pones en la radio? Hay canciones que se pasan de moda y otras que no, y Dechanchanté no se va a pasar de moda nunca. A mí, cuando me regalen el móvil estas Navidades, que ya queda poco, lo primero que voy a hacer es ir a

Paula, que sé que la tiene, y pedirle que me la envíe por blutut.

Sí, sí, que me bajo ya, pero mañana te sigo contando esto, que me gusta. Sabela me preguntó ayer si había empezado la redacción, y yo le dije que todavía no, y ella me preguntó si por lo menos le estaba contando la historia a alguien, y le dije que sí, que a ti, y me preguntó si no tenía otra persona a quien contárselo, y me quedé pensando y le dije que no, porque cuando le cuento cosas a mi madre, enseguida me dice que hablo muy alto, que le pongo la cabeza como un bombo, y claro, así me aturullo, se me olvida lo que iba diciendo, y no le cuento más. Y a mis amigos, cuando les cuento algo, se lo tengo que contar rápido como un coche de carreras, porque si se lo cuento así, como te lo estoy contando a ti, ponen los ojos en blanco y se marchan. Tú no pones cara de aburrimiento, ni subes el volumen de la radio, ni me pides que deje de marear la perdiz. Sí, sí, que ya me voy, venga, hasta mañana.

Como Dechanchanté no venía en el disco, la única manera que tenía de escucharla era pedirles el móvil a mis amigos los días que chupábamos güifi en los soportales del ayuntamiento. Cuando les conté lo del castin, me preguntaron si podían acompañarme, y yo les dije que sí, aunque todavía no sabía quién me iba a llevar, pero bueno. Les enseñaba la coreo donde el banco, y ellos me corregían si levantaba un brazo más que otro en algún movimiento.

Lo mejor era ir al güifi después de comer, porque más tarde llegaban los de catorce años y fumaban y dejaban todo lleno de escupitajos. Además, no paraban de darse collejas, y también nos pegaban a nosotros si se aburrían.

No me daba vergüenza hacer la coreo delante de Izan y Telma, pero delante de los de catorce sí, porque una vez me vieron bailar Dechanchanté subido al banco y me llamaron marimari. Empezó Dani, que se creía el rey de Vallesordo solo por ser el hijo del alcalde. Tenía unas Munich, unas zapatillas que costaban mucho dinero, y era el que llevaba los cigarros y enseñaba a los demás a fumar, que lo vi yo muchas veces. Me llamó marimari y los demás lo repitieron y luego se pusieron a reír como unos tontos. Yo miré al suelo, a las manchas negras de los chicles, y no levanté los ojos hasta que pararon, porque si los miras es peor. Telma los llamó cabezabuques y les dijo que fueran a meterse con los de su edad.

Esa vez le hicieron caso a mi amiga y pararon, pero cogieron la costumbre y desde entonces, cuando iban todos juntos y pasaban con las bicis por delante de mí, uno decía marimari con voz de pito y los demás lo seguían y gritaban marimari, marimari como unas gaviotas gilimemas. A partir de entonces, en cuanto los veía entrar en la plaza, enseguida me levantaba del banco y me iba.

Los fines de semana no podía ensayar Dechanchanté porque Izan estaba en Valdezarza pescando con su abuelo, Telma estaba con el padre, y yo no tenía móvil. El padre de Telma la venía a buscar los viernes y la llevaba a parques de atracciones y a hoteles con piscinas. No era tan morena como Izan, pero en verano se ponía negra negra, y cuando volvía después del fin de semana nos enseñaba la marca del reloj y no paraba de hablar de las vacaciones.

Los días que no estaban mis amigos, no bajaba a la plaza, porque Janire y los demás vascos no venían hasta la primera semana de agosto. Por las tardes, iba con abuela a casa de Tía Justi, que tenía el huerto en el corral y me dejaba regar los pimientos y arrancar las cebollas. También me dejaba cavar con una azada pequeña y quitar las malas hierbas por todo alrededor, aunque las quitabas una tarde y a la tarde siguiente volvías y ya habían crecido.

Esos días, después de cenar, me quedaba en casa con mi padre y comíamos aceitunas negras. A veces me entraban ganas de coger un bote de aceitunas negras para merendar, pero mi padre no me dejaba, me decía que solo podía comerlas si estábamos los dos juntos. También jugábamos a la brisca, aunque no mucho rato, porque luego empezaba Surcos y mi padre se tumbaba en el escaño y subía el volumen. Surcos era un programa donde hablaban de empacadoras, de los Yondir nuevos, de los ajos, del precio de la leche y todo eso.

Nico, ¿sabes dónde están las cervezas?, me preguntó. Vete y tráeme una, venga.

Mi padre era muy comodón, eso es verdad, pero con abuela delante nunca me pedía que le fuera a por cervezas. Y encima eran botellines, no eran latas, y eso no valía para tacones.

Sí, dije, en la parte alta del frigorífico, pero no llego.

Joer, macho, ni que fueras un retaquín. Y entonces, cuando te pido una cerveza otros días y me la traes, ¿cómo la alcanzas?

Subiendo al cubo de la fregona, contesté. Lo pongo boca abajo y me subo, pero abuela me ha dicho que no vuelva a hacer eso porque a lo mejor me resbalo y me parto la crisma.

Bueno, anda, te vas a partir la crisma... abuela avisó de que marchaba a lo de Justi y a saber cuándo vuelve. Tú tranquilo, que no te va a ver y no le contamos nada. Venga, coge la cerveza y te sientas aquí conmigo.

Pensé en quejarme del hombro, en decirle que me dolía o algo, pero al final no, porque iba a contarle lo del castin, a pedirle que me llevara, y si estaba contento a lo mejor me decía que sí.

Entré en la despensa y enseguida me entraron los calores, porque en verano la despensa es como un horno por dentro, y el olor a hojas de laurel da más calor todavía. Lo bueno es que el frigorífico, al abrirlo, salía aire fresco y se estaba a gusto allí delante. Me gustaba quedarme allí un rato, me ponía así, de cuclillas, y notaba el fresquito en la cara y todo por el cuerpo. Cuando entraba abuela y me veía así, empezaba con los gritos, me decía que a quien se le ocurre, que iba a coger una pulmonía, y yo salía corriendo, pero al día siguiente volvía a hacer lo mismo porque en Vallesordo no hay piscina y el embalse está a tomar por saco.

¡Venga, Nico! Que ya ha empezado Surcos.

Voy, voy.

La presentadora de Surcos me caía mal, porque hablaba siempre de lo mismo y llevaba unos tacones negros de vieja que Paula Vázquez se desmaya si los ve. Ese día, habló del gusano cogollero, que es un gusano que mordisquea las hojas del maíz, cuando están tiernas, y que después chupa el jugo de los titos amarillos, y los deja blancos, sin color, como cuando chupas un flas mucho rato y se queda solo el hielo. Si las noticias malas eran del maíz o la remolacha o de otras cosas de regadío, mi padre no apretaba los dientes ni decía cago en Dios, cago en Dios porque en Vallesordo solo hay cereales de secano.

Sonó el móvil. El tono de llamada de mi padre era una trompeta que hacía así, titiroriti tirotiro titi, que es el sonido de cuando iba a la mili y tenía que levantarse muy temprano.

El que llamaba era Lucio, el amigo de mi padre del que te hablé el otro día, el que era cazador y coleccionaba en la muñeca las pulseras de los torneos. Se le daba muy bien el tiro al plato y tenía las orejas grandes como Izan, pero no era primo ni nada. Se rascaba las manos todo el rato porque le salían unos granitos que picaban mucho. Mi padre le dijo que sí, que estaba en casa viendo la tele, tomando una cerveza, y que podía venir si quería.

Colgó y se me quedó mirando.

Nico, ahora cuando venga Lucio, sales al corral un rato si quieres y juegas con La Yesi. Que vamos a hablar de cosas de mayores y no quiero yo que andes por aquí.

¿Pero está ahí el ciervo todavía?

Sí, sigue en el corral, pero no hace nada, tú tranquilo. Cuando lo hemos traído ya ni se movía. Si no está muerto, le faltará poco.

No, yo si está el ciervo ahí no voy a salir.

Esa tarde había sido la última tarde de cosecha, y cuando les faltaba poco para acabar, sintieron el golpe. Creían que el empeine de la cosechadora se había chocado con una piedra y bajaron corriendo porque muchos incendios empiezan así, con la cuchilla que roza un canto y la chispa que prende una hilera. Mi padre me contó que el conductor descolgó el extintor de la cabina y se lo lanzó, pero al bajar vieron al ciervo boqueando en el suelo. El empeine de la cosechadora le había segado las dos patas delanteras. Apartaron al ciervo, lo dejaron a un lado, y siguieron hasta que acabaron de cosechar la última hectárea de avena. Mi padre, después de descargar el remolque en la nave, volvió a la finca, subió el ciervo al carro y lo trajo a casa por si acaso, por si la guardia hacía ronda por la noche y lo multaban.

Bueno, pues te vas a la caseta o a donde sea. Aquí no te puedes quedar, que luego tu abuela me echa a mí la bronca y no tengo ganas de timbirimbas.

Pero para ir a la caseta hay que pasar por el corral. No quiero.

Pues te vas a tu habitación y asunto arreglado.

Cuando mi padre hablaba más alto, lo mejor era no contestarle, porque si no acababa dando voces o te agarraba de la muñeca hasta que le decías que sí, que lo habías entendido. Con abuela delante también me gritaba, pero lo de retorcerme la muñeca solo era si estábamos los dos solos o con mi madre.

La presentadora de Surcos le estaba haciendo preguntas a un agricultor joven de un pueblo de León. Mi padre me dio golpecitos en el hombro y me dijo ahí tienes, ahí tienes, porque él quiere que de mayor sea como esos de la tele. Yo pensé que el agricultor joven podía ser bueno arando, sulfatando y todo eso, pero bailando fanqui no, porque el fanqui es más para gente eléctrica y los agricultores de la tele se mueven todos lento.

¿Y no le puedes decir a Izan o a la otra que vengan a buscarte y os vais por ahí un rato? Te dejo el móvil si quieres y los llamas.

Izan está en Valdezarza con su abuelo, dije, y Telma con el padre de vacaciones.

¿De vacaciones? Yo no sé de dónde saca la gente el dinero, macho.

Pues sí, está en Valencia o por ahí. Se va muchos fines de semana con su padre, que la lleva a parques de atracciones y a unos hoteles con piscinas que son como el embalse de grandes.

Anda, mírala. Pues si supiera el padre cómo se gana la

vida la madre... cogía y se la llevaba a Valladolid con él. ¿No habrás vuelto a entrar en esa casa?

No. En la de Izan sí, pero en la de Telma no porque su madre se enfada a la mínima. Una vez la despertamos de la siesta y me gritó a mí igual que a ella, como si fuera yo su hijo o algo. En la de Izan puedo entrar, ¿no?

No tienes por qué entrar en casa de nadie.

Dieron los anuncios y mi padre se tumbó en el escaño y se puso a chatear por el móvil. Cuando se tumbaba, se metía la mano por dentro del pantalón y ya después la dejaba ahí metida toda la noche. Bebía cerveza con la mano así y cambiaba el canal de la tele con la mano así también. Yo también guardaba la mano debajo del pantalón a veces, pero a abuela no le gustaba y me decía que se me iba a caer el pito de tanto andar tocando.

Una cosa, dije. Izan, Telma y yo queremos ir a un castin de baile que hay en septiembre, antes de empezar el cole.

Ah, dijo. ¿Y qué me quieres decir con eso?

Que no sabemos cómo ir.

¿Pero de baile de qué?

De Fama, lo que me regalasteis en mi cumpleaños. ¿El programa de baile que echan en la tele? Pues va a haber una edición de ese programa para gente de nuestra edad.

¿Pero también les ha dado a Izan y a Telma con los saltimbanquis? Raro me parece. Telma bueno, pero Izan...

También ven Fama, dije, aunque no les gusta tanto. De momento soy yo el único que tiene la coreo preparada. Ellos solo quieren acompañarme, pero a lo mejor se presentan al castin si no les da vergüenza también.

No sé, hijo, no lo veo yo muy claro. Que a mí me da lo mismo que andes haciendo el bobo aquí en el salón, que para eso te regalamos el equipo de música. Pero ir a un castin, a bailar ahí delante de gente, como si eso fuera algo...

¿Algo qué?

No sé, algo importante.

Es que es importante, porque yo voy a ser bailarín profesional de mayor, porque otra cosa no me gusta, y Tía Justi dice que cada uno tiene que hacer lo que le gusta. Venga, porfa, llévanos ese día y no te vuelvo a pedir nada nunca más.

Bueno, ya veremos.

Falta un mes y medio solo, así que nos lo tienes que decir pronto. Hoy o la semana que viene, como muy tarde, porque si no nos puedes llevar tú, nos tocará buscar a alguien que nos lleve.

Ya veremos es ya veremos, Nico, anda que no pueden pasar cosas hasta entonces. Tú ahora mira la tele, mira esa máquina roja, que tienes que ir aprendiendo un poco. Mira, mira cómo prepara la cama de siembra. Es un semichisel, se llama así, y es lo mejor para los barbechos. Algunos de aquí del pueblo lo tienen y dicen eso, que es otro mundo en tiro, en consumo y en todo, y encima no es muy caro. Igual compro uno el año que viene.

Me siguió explicando lo del semichisel, pero yo no lo oía, porque me imaginé que estábamos encima del puente de los Cabriles un encapuchado, mi padre y yo, y el encapuchado le había atado los pies y le había tapado la boca con cinta aislante, y yo estaba al fondo del puente, y el encapuchado me preguntó si lo empujaba por la barandilla o no y yo le grité sí, sí, sí, tíralo al agua.

No quería seguir viendo Surcos, me aburría, me daban ganas de lanzar el matamoscas a la tele. Salía un achiperre nuevo y yo no sabía si era para arar o sulfatar o cultivar o yo qué sé. Mi padre me lo explicaba y me lo volvía a explicar, pero a mí enseguida se me olvidaba porque era como estar en clase de mates. Además, la presentadora llevaba unos vestidos que no me gustaban, eran más feos que Picio y no tenían brillibrilli como los de Paula Vázquez.

Entró Lucio, que siempre entraba sin llamar, y se quitó la gorra. En la calle llevaba la gorra siempre, aunque fuera de noche, y abuela le decía que se iba a quedar calvo pronto por eso.

Siéntate, cabronazo, dijo mi padre, que no te dejas ver el pelo. ¿Dónde ha sido el torneo de esta semana?

En ningún sitio. Esta semana, descanso, que falta me hacía, y ha sido más pa perjuicio que pa beneficio. Está uno baldado sin hacer nada.

Te quejas de vicio, cago en la hostia. Siéntate aquí, al lado del crío, que voy a por un par de cervezas. ¿Tostada o normal la tuya?

Normal.

Mi padre fue a la despensa y Lucio me pidió que me echase a un lado. Le hice caso, pero nada más moverme, me coloqué las manos en las mejillas porque la última vez me había salido un moretón. Él saludaba así, trizando la mejilla con los dedos.

Hoy no me pellizques, que me duele la cara.

Qué finolis eres, Rosiu.

Me llamaba Rosiu porque había vivido de pequeño en Francia y así llaman a los pelirrojos allí. Abuela decía que cuando llegó a Vallesordo, tenía acento, y los niños se reían de él porque no pronunciaba bien la erre.

Mi padre abrió los botellines.

Chocaron las cervezas en el aire y le dieron un trago.

¿Lo has visto, Lucio?, preguntó mi padre.

¿Que si he visto qué?

Coño, ¿no has visto nada debajo del cerezo, al entrar por el corral? Será que vienes pimplado ya de casa.

He tomado una botellica de vino, pero de estas que vienen menos de lo normal. Y no he entrado por el corral, que he entrado por esta otra puerta.

Pues ahí está el ciervo, en el corral, que no acaba de morirse. No es muy grande. Creo yo que no llegará a los dos años. Cuando te vayas, haz el favor de llevártelo.

Pero, ¿y cómo no lo has matado?

Con el escopetín de balines lo mato, no te jode. ¿No ves que no tengo rifle?

La Rumana los hace bien, dijo Lucio. Un ciervo viejo no, que tiene la carne muy zurcida. Pero uno así... eso se le dice a La Rumana, nos lo prepara bien con ajo, pimentón dulce, una miajitica de orégano...

Mátalo tú, Lucio. ¿Lo matas tú? Y así nos quitamos de bobadas.

Lo mismo me da. ¿Pero no matas tú al cerdo el día de la matanza? ¿Te hace falta un rifle ahora? Esta es gorda. Una puntada aquí y se acabó.

Se pasó el índice por el hueso de la garganta, adelante y atrás, como si fuera un cuchillo, y después se bebieron lo que quedaba de cerveza de un trago y salieron al corral.

La presentadora de Surcos estaba hablando de lo mismo que el otro día, los dos tipos de girasoles. Había un mapa de Castilla y León y ella fue diciendo por qué era mejor sembrar los girasoles de un tipo en una zona y los girasoles de otro tipo en otra zona. ¿Cómo podía hablar un día de lo mismo y otro y otro y otro sin aburrirse y sin quitar la risa de boba?

Escuché por la mosquitera que mi padre le decía a Lucio que sacara él su navaja. No quería oír el chillido del ciervo, porque en una matanza, cuando oí chillar al cerdo, se me metió el chillido por los oídos y se me quedó zumbando como cuando se te mete una mosca en la oreja y no es capaz de salir. Lo seguía oyendo al día siguiente de la matanza, cuando iba en bici por los caminos, y me bajaba y miraba por todos los sitios, pero no había un cerdo muerto en ningún lado.

Enseguida bajé la persiana, de golpe, y cerré la ventana y cogí el móvil de mi padre, porque tenía un juego divertido de una bola que va recogiendo huevos y sumando puntos. Bajé el volumen de Surcos y puse a tope el sonido del juego.

En el juego tú eres Bounce, una bola roja muy simpática. Esa vez, Bounce se encontró con Bumpy, una bola amiga. El malvado de las máquinas, Hypnotoid, robaba los colores a las flores y a los arbustos, y también le había robado el color a Bumpy, que antes era como un balón de playa y ahora era un redondel de cemento. Le pidió a Bounce que la siguiera. Bumpy se zambulló en un canal de agua con pinchos de acero, y había pinchos arriba y abajo, y tenías que bucear por el medio, con cuidado de no matarte, y la música era de desafío y te daba motivación. Aguanté vivo hasta el final, sin pincharme, esquivando las plantas venenosas, y recogí todos los huevos. Al salir del canal, Bounce le dijo a Bumpy: ¡espabila, pedazo de roca! Bumpy contestó: no me acuerdo de nada, ¿dónde estamos, Bounce? El malo, además de robarle el color, le había robado la memoria.

Salté encima de Bumpy hasta que se rompió el cemento y recuperó otra vez los colores de balón de playa. Dijo: ¡Muchas gracias por tu ayuda, Bounce! ¡Ten cuidado con Hypnotoid!

Entró Lucio y me fijé en sus manos, que no las tenía manchadas, pero sí le habían saltado gotas al cuello del chaleco. Se acercó al fregadero y se enjuagó con agua caliente, y pensé en tirarle el móvil con toda la fuerza y cuando se diera la vuelta saltar encima de él y darle una patada en los cojones y hacerle un piquete de ojos, y después pegarle un puñetazo en la cara y morderle la oreja y no soltar hasta que saliera sangre.

Eso pensé, pero no lo hice, no sé por qué, y seguí jugando al Bounce Tales con las manos que me vibraban de la mala leche. Y luego me entró más rabia todavía, porque cuando iba por el siguiente nivel, el de los Setos Saltarines, empezaron a hablar de La Yesi y me tocó darle a pausa.

Y la perrica esa tiene hocico de conejera, ¿es conejera?, preguntó Lucio.

Eso dijo el que nos la regaló. Pero vamos, que nunca ha cazado nada. Lo único que hace es comer, dormir y triscar con cualquier perro que se encuentra por los caminos. La perra más puta de Vallesordo.

No la querrás regalar, ¿verdad?

Regalada sale cara. Está preñada cada dos por tres y ahora debe de andar otra vez porque se le ve triponcio. Algún día la atropellará algún coche y nos tocará pagar. Si no, al tiempo.

Yo más perros no quiero, pero Ronzal, el amigo mío de León, coge todos los que pilla. Comparte coto con un grupo de allí y gastan dos o tres camadas todos los años.

Se me cayó el móvil.

Bueno, dejé que se me cayera y saltó la tapa y la batería salió volando y dejaron de hablar de La Yesi. Lo malo fue que mi padre se enfadó y cuando fui a recoger el móvil, me gritó que me fuera a la cama. Casi me pega, tenía los dientes apretados y ya había levantado la zapatilla, pero Lucio lo agarró por el hombro y le dijo tranquilo, tranquilo.

Me fui a la cama con ganas de machacar a mi padre, pero no podía, porque si lo machacaba, me machaba él a mí multiplicado por dos. La Yesi no era su perra, era de abuela y mía. Abuela le daba de comer y yo la duchaba y jugaba con ella. Como regale a La Yesi, pensé, no le vuelvo a hablar en toda la vida, y además llamo a la Guardia Civil y lo denuncio.

Me metí en la cama, pero no tenía mucho sueño, así que canté en bajo la canción que me cantaba abuela, la de duérmete niño, duérmete ya, que viene el coco y te comerá. Me la canté muchas veces, pero los ojos no se me cerraban y le di la vuelta a la almohada para que estuviera más fresquita. Ese truco también era de abuela, aunque casi nunca funcionaba, y me puse boca arriba, con las manos en la tripa y pensé que si existen piernas de hierro para la gente que nace mal, ¿por qué no existen piernas de hierro para ciervos? Después tiré la almohada al suelo y me puse boca abajo, con la cara pegada al colchón, y era peor, porque oía el pecho haciendo bumbum y parecía que se me iba a parar el corazón y me iba morir.

Me empecé a rascar por detrás de las orejas y también por el ombligo y los sobacos, y luego por la planta del pie. Encendí la luz y miré bien entre las sábanas, por si había algún mosquito o algo, pero nada, no vi pulgas ni bichos.

No quería apagar la luz otra vez y estar yo solo, así que abrí la persiana, muy despacio, y llamé a La Yesi, pero no me hizo caso.

Otras veces, enseguida venía, se apoyaba sobre las patas traseras, y empuntiaba las orejas. Pensé que sería por culpa del preñamiento. O a lo mejor se había asustado cuando habían salido a matar el ciervo y se había ido del corral. Las ramas del cerezo no me dejaban ver la manta donde ella dormía.

Me subí al pupitre. Había que tener cuidado porque el pupitre era resbaladizo y te caías a la mínima. Ya subido, aparté la mosquitera y apoyé el culo en el alféizar de la ventana.

Salté desde ahí y ojalá no haber saltado porque casi me muero del asco.

Vi a La Yesi lamiendo el cuello del ciervo.

Tenía la cara salpicada de sangre como una asesina.

¡Yesi! ¿Qué haces? ¿Estás loca?

Me miró con la lengua fuera y puso la cabeza de lado. Los ojos le brillaban mucho.

Otra vez se puso a lamer.

Movía el rabo, estaba contenta, como si estuviera comiendo el pienso de los anuncios de la tele y no a un ciervo recién matado.

¡Yesi! ¿No me oyes o qué? ¡Deja al ciervo en paz!

Como seguía sin hacerme caso, me acerqué por detrás y tiré de ella hacia mí, pero cuando ya casi la tenía en brazos, me ladró en la cara, dio un salto y se puso a lamer el charco rojo que había en el suelo.

Le di una patada y empezó a aullar y guardó el rabo

entre las piernas. Me escondí debajo del cerezo, por si mi padre había oído algo y se asomaba, pero no, estaba riéndose con Lucio y hablando como hablaban ellos cuando tomaban muchas cervezas. La Yesi se fue corriendo y se metió debajo del poyo. Yo no quería darle una patada, se me escapó, solo quería que me obedeciera, y no me iba a ir a la cama hasta que me perdonase.

Yesi, le dije, ya sé que eres una perra conejera y que a lo mejor te dan ganas de cazar, pero tú no eres mala, no puedes hacer eso. Además, estás embarazada y a lo mejor la sangre mata a los cachorros. ¿Entiendes?

La Yesi no dijo nada. Ni se inmutó. Al final, me tocó arrastrarme debajo del poyo, y estirar el brazo. La acaricié por detrás de las orejas, que ahí es donde más le gustaba. Después, me quedé sentado, esperándola, hasta que sacó una pata y yo se la agarré con la mano, que así era como hacíamos las paces.

No me daba la gana que se quedara en el corral toda la noche ella sola con el ciervo, así que la subí al alféizar, subí yo luego y, desde ahí, la cogí y la metí conmigo en la habitación. Abuela se ponía hecha un basilisco cuando veía pelos de La Yesi en mi cama, pero bueno, era por su bien.

Abrí el cajón de la mesilla, saqué las toallitas y La Yesi se fue corriendo y se escondió debajo del escritorio. Le daba el lloro cuando estaba un rato en la habitación porque extrañaba y se creía que le iba a pasar algo malo, que iba a venir abuela dando voces o mi madre con el cepillo. Pero si la acariciabas un poco y hablabas con ella, se le iba quitando el miedo y dejaba de llorar.

Froté una toallita con otra, y con la espuma le lavé los dientes, le quité la saliva roja de la lengua y le di por dentro de la boca a ver si se le iba el aliento a charca. También le limpié los bigotillos, le quité las legañas y le lavé los pies por debajo.

Hala, Yesi, le dije, ahora ya puedes subir a la cama. Hoy vas a dormir conmigo, ¿vale?, y no te mees, porque como te mees te doy una panadera que te enteras. Que no. ¿Cómo te voy a pegar yo a ti? No te voy a pegar, pero no te mees, eso, chúpame el cuello, los labios no, tanto no, tranquila, eso, así me gusta, hala, vamos durmiéndonos poco a poco, cierra un ojo que al otro le da envidia, venga, Yesi, hasta mañana.

Abuela y Tía Justi tomaban el fresco en el corral y les daba igual la mancha. En vez de colocar las sillas debajo del cerezo, las colocaban más allá, donde el poyo, y seguían charlando y abanicándose como si nada. Todos los días le pedía a abuela que limpiara la mancha, porque no estaba yo a gusto con eso ahí, pero ella se encogía de hombros y decía que ya se quitaría cuando lloviese.

Además, la mancha era roja los primeros días, pero poco a poco se fue llenando de pelusas y cogió un color renegrido. Cada vez que salía al corral y veía lo negro ahí, me acordaba de La Yesi lamiendo la sangre aquella noche, y enseguida cogía la bici y me iba a buscar a mis amigos.

Mi madre no era como abuela, a ella también le molestaba la mancha del corral, y yo ya lo sabía, porque a veces nos contaba que le daban repelús las sábanas de los viejos cuando las cogía y veía gotitas rojas, y porque cuando se me saltaba la sangre, ella gritaba amá, amá para que viniese abuela y me taponase la nariz.

Ese día, era por la mañana y mi madre no trabajaba en la residencia, tenía libre. Estaba sentada fumando en el poyo. Fumaba siempre un cigarro antes de comer y otro después, era la costumbre suya. En la cocina no podía fumar, porque abuela decía que el escaño coge el olor del humo y después eso no hay quien lo quite, y es verdad.

Mi madre, cuando no le tocaba ir a la residencia, llevaba el pelo arrebujado todo el día con un moño. Abuela la reñía, sobre todo si venía Tía Justi y la veía así con el moño gitanero. Le decía muchas veces ¿no te da vergüenza?, ¿no te da vergüenza?, pero mi madre bostezaba y seguía jugando al Candicras.

Dani y los mayores cogían el cigarro con toda la mano, a lo bruto, que me fijaba yo cuando los veía fumar en el banco de la plaza, pero mi madre no, ella fumaba solo con dos dedos, como la rubia de las pelis que va en descapotable, y yo cuando fume dentro de unos años también voy a fumar así.

Aproveché que la vi tranquila y le pregunté si podía limpiar ella la sangre.

Le dio una calada al cigarro y sacó el humo por la nariz como una dragona. Si le hablabas cuando estaba fumando, tardaba en contestar, no se daba prisa ninguna.

¿No tienes tú manos para quitarla o qué? ¿Eres manco?

Me lo dijo mirando al lado mío, justo donde no estaba yo, como si tuviera un gemelo invisible y ella le hablase a él en vez de a mí. Ya le había dicho que me molestaba eso, pero le daba igual y cada poco lo hacía.

Es que me da yuyu, dije. Encima ahora está más fea que antes, se ha puesto negra, y nadie la quita. A abuela se lo he pedido un montón de veces, pero dice que ya lloverá y se quitará ella sola.

Tu abuela va a ser muy lista me parece a mí.

¿Pero y a ti te da igual estar sentada con la sangre tan cerca?

Le dio otra calada al cigarro y cerró los ojos. Otras veces la conversación acababa así, con mi madre echando el humo y sin contestar más, pero esta vez no me daba la gana, así que me quedé ahí, de pie, con los brazos cruzados.

¡Quítala tú si tanto te molesta!

No, yo solo no, dije.

Joder, hijo, no acabo de sentarme y ya me estás pidiendo cosas. Ahora cuando acabe el cigarro nos ponemos los dos y la quitamos.

Tardó un rato hasta que acabó de fumar, yo creo que fumaba más despacio para fastidiarme, y al ir a ponerse de pie, le dio el chisflús. Aunque yo ya estaba acostumbrado y no me entraba tanto miedo como las primeras veces. Solo había que esperar.

Cuando le daba el chisflús era como si se quedara dormida, pero con los ojos abiertos, y los dedos le temblaban, ellos solos, igual que a Tía Justi, aunque mi madre no es vieja. Echaba la cabeza para atrás y estaba un rato así, respirando solo por la boca, con los ojos mirando las nubes. Era mejor no decirle nada cuando eso, porque se enfadaba enseguida, como una vez que le di en el hombro, y ella nada, y le volví a dar, a ver si me hacía caso, y ella cogió aire de repente y me dio un golpe tan grande que hasta abuela la riñó esa vez.

Después del chisflús entramos en la caseta de abuela a por una manguera y un cepillo grandón de esos que usan los barrenderos profesionales. Se estaba a gusto en la caseta, sobre todo en verano, porque enseguida notabas el fresco al entrar y daban ganas de quedarse ahí. Lo malo era el olor a menta, porque abuela se daba en el pecho una crema de Tía Justi que le curaba los pulmones y olía fuerte, y el olor ese se te subía a los ojos y te hacía cosquillas.

Mi madre cogió el cepillo y yo fui arrastrando la manguera, que pesaba como un demonio. Intenté enchufarla en el grifo, pero quedó medio suelta, y el agua se salía por los lados.

Mamá, ayúdame con la manguera, que no soy capaz de ponerla bien, se suelta ella sola.

¿Cómo que se suelta ella sola? Quita de ahí, déjame. Es solo apretar bien la rosca y que suene el clic. Mira, ¿has visto qué fácil? Venga, anda, que me pongo con la manguera y frotas tú con el cepillo, que tienes la espalda mejor que yo.

No, que no quiero estar tan cerca de la mancha. Yo con la manguera mejor.

Se me quedó mirando y yo di un paso atrás, porque levantó la mano en el aire con cara de mala leche. Después dijo algo en voz baja, algún insulto, pero al final me dejó la manguera a mí.

Mi madre llevaba un vestido viejo de mi tía de Salamanca, que nos daba la ropa que no quería, y como mi tía era grandota, a mi madre le quedaba el vestido como un serón, y parecía más gorda. Ella no tenía pelos en los sobacos como abuela, porque se los quitaba con el mejunje verde que calentaba en una cazuela.

Y ahora ten cuidado, Nico. Si ves que no sale bien el agua es porque se ha quedado trizada la manguera en algún lado y hay que bajar la presión y desenredarla. No te quedes ahí con los brazos de botijo que la idea ha sido tuya. Venga.

Mi madre esperaba con la cara apoyada en el cepillo y yo mojaba la sangre para que se empapase bien. La Yesi estaba todo el rato detrás de mí y si me movía un poco, se movía ella también y se colocaba en mi sombra. Eso era porque veía a mi madre con el cepillo en la mano y una vez le pegó tan fuerte que le hizo un chichón en la cara.

Dale más de cerca a la mancha, Nico, que no muerde.

Me acerqué un poco, pero no mucho tampoco, no quería que me salpicase.

Mi madre se puso a frotar la mancha y se le marcaban los músculos de la cara, porque al hacer esfuerzo, apretaba los dientes, igual que cuando frotaba la sartén con el estropajo.

Y mi madre no es gorda, pero cuando tenía mucho calor, sudaba igual que Juancar, el gordo de sexto, y le salían gotitas encima del labio, como ese día. Se las secaba, y al poco le volvían a salir y parecía que alguien se las había pintado. Yo no, yo cuando sudo, sudo por detrás de las piernas y sobre todo en la espalda aquí por encima del culo.

La Virgen, parece esto petróleo, dijo mi madre. Se ha agarrado bien al suelo y no hay quien lo quite ahora. ¿Pero y por qué no limpió la sangre tu padre al día siguiente, cuando se llevaron al ciervo de aquí? No me lo explico. Se lo dices cuando lo veas.

Me molestaba eso, cuando mi madre me decía que le dijera a mi padre algo, o mi padre me pedía que le preguntase a mi madre no sé qué. Llevaban una semana sin hablar entre ellos y me traían a mí de paloma mensajera. Abuela no me contó por qué habían discutido, pero esa semana mi padre empezó a dormir en la habitación de invitados, que no sé por qué se llamaba así, si nunca venía ningún invitado, pero bueno.

Se lo he dicho muchas veces, mamá, pero no me ha hecho ni caso, igual que abuela.

Eso sería lo raro, que tu padre hiciera caso de lo que le dicen. Cuidado con la manguera, que me mojas. Apunta bien ahí.

Mientras yo le daba con la manguera a toda presión, mi madre raspaba fuerte, saltaban trocitos de sangre negra, y luego yo los empujaba con el agua hasta que caían por el desagüe.

Vete haciéndote a la idea, majo, porque yo con tu padre no voy a aguantar mucho.

Mi madre decía eso cada poco, lo de que no aguantaba, y a mí me daban nervios, porque a veces se reía después y parecía una broma, pero otras veces se le hinchaba la vena del cuello y parecía que iba a pedirle la separación de verdad. Yo no quería que se separaran, porque Izan, cuando la madre se fue de casa, se volvió sonámbulo y tenía pesadillas por las noches, y lo llevaron a un médico especial para eso. Además, en la tele, cuando se separaban, el padre traía después a una novia chulita y la madre a un novio que hacía jijiji.

¿Os vais a separar?, le pregunté.

Yo qué sé, Nico.

Siempre dices eso, yo qué sé, yo qué sé. ¿Os vais a separar o no os vais a separar? Di sí o no.

Oye, bonito, a mí no me hables así que te doy un cepillazo. Y no me voy a poner a pensar en eso ahora, que con el lío de la residencia ya tengo bastante. Dale ahí bien con el agua, venga, que chupe el desagüe todo.

Esa vez no se rio, ni se le hinchó la vena del cuello como

cuando le daba el enfado, y yo no sabía si era broma o si era verdad, y me entraron cosquillas de las malas. Me pasa eso cuando me asusto, que noto unas cosquillas por bajo los pies, unos calambres, y me dan ganas de salir corriendo por los caminos hasta llegar al monte. Una vez que mi padre tiró el mando al suelo y mi madre lo llamó cabrón de mierda, eché a correr de verdad, según estaba, con el pijama puesto, y los oía gritar cada vez más lejos, y yo venga a correr y no quería parar de correr nunca, quería llegar hasta el final de Vallesordo y más allá, donde los chopos, y seguir corriendo más lejos todavía hasta el embalse, pero cuando iba por la nave del pastor, noté un ahogo en la garganta, como cuando alguien te aprieta el cuello, y me tocó parar.

Cuidado, coño, que me estás empapando las zapatillas. ¡O apuntas a donde tienes que apuntar, o me pongo yo con la manguera y rascas tú con el cepillo!

No, mamá, que era un despiste. Ahora apunto bien, ya verás.

Me toqué la cabeza y la tenía caliente caliente. El sol de antes de comer es el peor, porque es el de las insolaciones, que lo decía Tía Justi siempre, y además yo, que soy así de blanco, enseguida me coge el sol y me la prepara. Me fui moviendo poco a poco a la sombra del cerezo, sin girar la manguera, con cuidado de no mojarle otra vez los pies a mi madre.

La Yesi estaba medio triste, y cada vez que me agachaba a acariciarla, me lamía las manos y se quedaba mirando al suelo, como si alguien la hubiera reñido. Entre el calor y el triponcio la pobre tenía que estar hasta las narices, pero bueno, le faltaba poco ya para echar a los hijos.

Mi madre levantó el vestido hasta donde la cintura y se hizo un nudo, y ahora el vestido no le quedaba tan grande, y parecía que llevaba una falda corta. Se le veían los gemelos, que los tenía con pecas, igual que yo, aunque las suyas eran más claritas y no se le notaban tanto como a mí.

Una cosa, dije. ¿Y las pecas se paran cuando te haces mayor? ¿O no dejan de salir nunca y cada año voy a tener más y más hasta que me muera?

Puso los ojos en blanco, como cuando le preguntaba alguna tontada o cuando no quería contestarme, pero esta vez me contestó.

Yo qué sé. También tú haces unas preguntas…

Es que quiero saber. ¿Las pecas se paran o no se paran?

Digo yo que no, no sé. Somos así, pecosos, igual que tu bisabuela, y nos toca fastidiarnos y aguantar. A ella tampoco le gustaban las pecas y por eso decía que no quería tener hijos ni nietos pelirrojos, y mira al final.

Esa historia ya me la sabía, pero me gustaba más cuando la contaba abuela, porque ella decía que mi bisabuela no quería nietos pelirrojos, pero que le hizo ilusión cuando me vio llegar a casa recién nacido y me dio un beso en la cabeza y me acochó un buen rato. No me acuerdo de ella porque se murió cuando yo tenía ocho meses, pero hay una foto de ella conmigo, y si la ves, parece contenta.

¿Y tú por qué tienes pecas, si no eres pelirroja?

¡Cuidado con la manguera, haz el favor, que tengo los pies churrando agua, no sé cómo decírtelo ya! Yo era pelirroja al nacer, pero me duró poco. Cuando entré al cole, ya tenía el pelo castaño.

¿Y tú preferías ser pelirroja?

Me daba igual. Rubia sí me habría gustado ser, pero pelirroja... Es que tu bisabuela siempre andaba igual con eso, se agarraba el pelo con dos dedos, como si fuera una cucaracha, y decía este pelo mío, este pelo mío...

Lo mejor es no volver a preguntarle nada de las pecas, pensé, porque para que me diga esto, mejor que no me diga nada.

Al final la sangre se quitó y ahora se veían otra vez las piedras del suelo, ya no había ni un poco de la mancha negra, y así el corral parecía otra cosa. Aprovechando que estábamos con la manguera y el cepillo, mi madre dijo que podíamos limpiar bien todo, que tenía falta.

Se encendió otro cigarro y me mandó coger las sillas de tomar el fresco y meterlas en la caseta, porque estaban viejas y si se mojaban se iban a estropear. Luego me mandó recoger las botas de mi padre y ponerlas encima del pozo, donde no molestaran. Mi padre tenía dos pares de botas, y el par que no usaba, en vez de guardarlo en su habitación, lo dejaba en la puerta del corral, y claro, La Yesi cogía las botas y las desperdigaba.

También recogí dos Coca Colas, que estaban detrás del poyo, porque la última vez que bailé en el corral se me olvidó meterlas en el armario y las dejé ahí. A mi madre no le hacía gracia que bailara con Coca Colas, pero una vez que estaba ella tumbada en el escaño le dije o me compras unos tacones de verdad o voy a seguir con las Coca Colas. Se lo dije así de repente, me salió, no sé por qué. Mi madre, cuando algo le da vergüenza, no le sale rojo en los mofletes. A ella le salen puntitos rojos en la cara y también en el cuello, como si algo le diera alergia. Esperé a ver si decía algo, pero no dijo nada, solo se puso roja y siguió pikipikipiki con el Candicras.

Cuando se acabó el cigarro y ya íbamos a seguir con la manguera y el cepillo, le dije que esperara un momento y entré a la caseta a por dos sombreros de paja. Estaban nada más entrar, en unos enganches donde los ponía abuela. Mi madre se quitó el moño, se hizo una coleta y me dejó ponerle el sombrero yo. Entre el vestido, que le quedaba tan grandón, y el sombrero, que tenía agujeros por arriba, parecía que iba disfrazada de carnaval. Le hizo gracia cuando se lo dije.

Aproveché que la vi medio contenta y pensé en decirle lo del castin de Fama, aunque estaba chunga la cosa porque ella siempre se quejaba de que era un martirio andar yendo y viniendo con el coche, y cuando le pedía ir a los caballitos o al cine, me decía no me des la vara, haz el favor.

Una cosa, mamá, hay un castin de baile el cuatro de septiembre, antes de empezar las clases y queremos ir Izan, Telma y yo, pero no sabemos si alguien nos va a llevar o qué. A lo mejor nos puedes llevar tú.

Todavía no le había contado a ella lo del castin, solo a abuela y a mi padre. Lo de mi padre ya sabes lo que pasó, porque te lo conté el otro día, y abuela, cuando se lo dije, me contestó que allá películas y que le preguntara a mi madre cuando la viera. Estaba cortando los frejoles verdes en trocitos, sentada en la camilla, y yo veía mientras tanto La Ruleta de la Suerte. Se lo conté dos veces, a ver si así me ayudaba a convencer a alguien para que me llevase, pero ella nada, dijo eso, que allá películas y movió la mano en el aire, así. Era lo peor cuando abuela decía lo de allá películas, porque si decía eso sabías que no te iba a ayudar ni un poco.

¿Un castin de bailar?, dijo mi madre. ¿Y qué quieres que haga yo?

Le salieron los puntitos rojos por el cuello y ahora frotaba con el cepillo más deprisa, con más fuerza, y entre el frasfrasfrasfras y el agua a presión, casi no nos oíamos. Me tocó gritar un poco para que oyese bien.

¡Pues eso, que nos lleves y nos dejes allí! Es a las diez de la mañana y no hace falta que estés con nosotros todo el rato, puedes ir a comprar ropa a las tiendas mientras nosotros hacemos las coreos y luego ya nos recoges.

Soltó el cepillo de repente. Puso los brazos de botijo, así, y me miró como con sorpresa, como si no supiera ya que el baile era lo mío.

¿Pero qué pintáis vosotros en un castin de bailar con diez años?

Pues porque es la primera vez que van a hacer Fama Kids y es para gente de nuestra edad.

El corazón me parpadeaba rápido rápido y notaba la vena del cuello haciendo tacatacataca. Estrujé la manguera con las manos.

¿De vuestra edad? Mira, a Izan y a Telma no los he visto yo bailar nunca, así que no seas mentiroso y trapacerón, que ya con tu padre me basta y me sobra.

Ella enseguida aprovechaba para hablar de mi padre, que si mi padre esto, que si mi padre lo otro. Agaché la cabeza y vi a La Yesi mirándome, con las orejas empuntiadas, como si ella también estuviera con los nervios.

Ya, bueno, dije, ellos no tienen claro todavía si van a participar, a lo mejor sí o a lo mejor no, pero me han dicho que me van a ayudar a preparar la coreo mía y que el día del castin me van a acompañar sí o sí.

Luego se ríen de ti y te quejas, Nico.

¿Qué dices?

Que andas bailando donde no tienes que bailar y se

ríen de ti. ¿A quién se le ocurre bailar en el banco de la plaza?

Mentira, nadie se ha reído de mí.

¿Mentira? Ayer bajé a por tabaco y estuve un rato hablando con La Rumana. Fue ella la que me contó que los mayores se meten contigo por eso, digo yo que no se lo habrá inventado.

Maldito Izan de las narices, pensé. Me dieron ganas de llorar, porque si Izan se lo había contado a La Rumana, seguro que La Rumana se lo había contado a los cazadores y a los demás, y ahora lo sabía ya todo el pueblo.

Déjate de castins, Nico, y atento a lo que tienes que estar. Moja por ahí, detrás del pozo.

¿Pero entonces nos llevas? Si nos llevas no te vuelvo a pedir nada nunca más. Es que es eso lo que más quiero, ir al castin.

Ya, y yo quiero que me toque la lotería y aquí estoy, trabajando en la residencia y viéndole la cara al jefe día sí y día también.

Me entró la tristeza, porque si mi madre no me llevaba y mi padre tampoco, a lo mejor me quedaba sin ir y solo pensar en eso me daban ganas de abrir la tapa del pozo y saltar y taparme la nariz debajo del agua con los ojos cerrados. Se me escapó una cosa que mejor no haber dicho, pero bueno, la vida no es como las películas y no se puede rebobinar.

¡Ojalá te mueras!

Me asusté al decirlo y noté un frío en el pecho que me subía por la garganta y todo para arriba. Rápido tiré la manguera al suelo, miré a mi madre, que tenía los ojos muy abiertos y me fui corriendo al baño. Antes de entrar, me quedé quieto en la puerta, a ver si oía los pasos de mi madre, y me pareció raro porque no venía detrás de mí, no me perseguía, solo gritaba cosas desde el corral y daba golpes con el cepillo.

Estiré el albornoz de mi padre en el suelo y me tumbé ahí, en forma de cuatro, con las piernas encogidas y las manos debajo de la cara. Lo malo es que las lágrimas salían salían y no se paraban, así que estuve llorando un buen rato hasta que me cansé.

Aitor y Janire eran los más mayores, ya iban al instituto, así que les tocaba a ellos hacer los equipos en el polis y cacos. Jugaban a piedra, papel, tijera y al que perdía le tocaba ser el jefe de los polis en la primera ronda. Los demás nos colocábamos en un círculo alrededor y Aitor y Janire iban eligiendo con el dedo, y después, antes de que los ladrones salieran corriendo, uno de los polis recordaba las normas.

Esa noche, fue Telma la que dijo que los móviles estaban prohibidos, que si pillaban a un ladrón fuera de los límites todo el equipo quedaba descalificado y que no valía tirar piedras para protegerse de los polis.

A Izan y a mí nos tocaba ser ladrones, y cuando Ametz nos preguntó si podía esconderse con nosotros, Izan le dijo que no porque íbamos a escondernos en un sitio donde solo entraban dos. Ametz puso cara de pena y yo me encogí de hombros y la miré con cara de pena también, aunque en realidad me dieron cosquillas de alegría cuando mi amigo dijo eso.

El esconderite de Izan era un palé que estaba en lo alto de la encina, donde el cole, y era la peña secreta de los hijos del alguacil, que habían atado un palé a las ramas con cuerdas de alpaca. Allí estábamos mi amigo y yo tumbados, mirando el cielo, que estaba negro negro, y se veían las estrellas, las luces rojas de los aviones, el planeta verde y la osa mayor. No había mucho aire y la luna era una ce blanca, como la luna del niño que pesca al principio de las pelis.

Izan, le dije, si te concentras y miras solo una estrella, la oscuridad va engullendo a todas, poco a poco, y al final solo ves esa.

¿Y si miro a la luz roja también vale?

No, la luz roja no, porque los aviones se mueven y el truco no funciona. Tiene que ser una estrella, una de las grandes. Mira esa, por ejemplo.

Vale. Ya está.

Ahora tienes que esperar. No hables ni digas nada. Cuando las otras estrellas empiecen a desaparecer, te va a dar curiosidad, pero no mires alrededor, tú aguanta con los ojos así hasta que solo veas esa estrella.

Ostras, Nico. Es verdad.

No hables, que si hablas no sale bien.

¿Y a ti quién te enseñó el truco?

Lo aprendí en el corral, porque abuela y Tía Justi estaban hablando de Dios y de los Jehovás, y yo me aburría, y no encontraba la osa mayor ni la osa menor, y me cansé y me quedé mirando una estrella cualquiera. Las otras, las que desaparecían, eran lucecitas redondas, pero la que yo miraba se le veían las puntas. Tenía cuatro.

Nos quedamos callados, sin decir nada, y solo oíamos el aire entre las ramas de la encina y los cencerros sonando a lo lejos. En agosto, el pastor movía las cañizas a la finca de debajo del cole, y montaba el corral ahí, porque hay una chopera y en la parte de la sombra nacía hierba cada poco. Las ovejas tenían pasto para comer de sobra y se quedaban ahí espanzurriadas todo el día.

Vimos una estrella fugaz, una de cola larga, y no me dio tiempo a pedir ningún deseo. A mí las estrellas fugaces no me encantan, porque Telma, que sabía muchas cosas del espacio exterior, decía que no eran estrellas, que eran meteoritos. Y los dinosaurios se extinguieron así, por una lluvia de meteoritos.

A ver si se cumple mi deseo, dijo Izan. ¿El tuyo cuál es?

No me ha dado tiempo a pensar.

Y si pasa otra, ¿qué deseo le vas a pedir?

Me quedé pensando, y se me ocurrieron dos, pero uno no podía contárselo, porque Yure dijo en Fama que de pequeña le dio un beso a su mejor amiga, y después, dejaron de ser tan amigas porque a la otra no le gustó mucho eso. Nada más pensar en decirle lo del beso, noté las cosquillas malas en los pies y cerré los ojos con fuerza y apreté hasta que se fue el pensamiento.

¿Qué haces, Nico?

Nada, nada, era una cosa.

Izan se movió, se echó más para allá, y creí que a lo mejor me había leído el pensamiento, y me dio vergüenza. No me gustaba estar los dos callados.

Si pasa otra estrella, le voy a pedir que le guste mi coreo de Dechanchanté al jurado y que me den la pegatina de la siguiente fase.

Pero… ¿ya tienes quien nos lleve al castin?

No, pero bueno, vamos a ir sí o sí.

¿Le preguntaste a tu madre?

Sí, se lo pedí el otro día y nada. Ah, majo, y me contó que le has chivado a La Rumana lo de que me llaman marimari. ¿Te gustaría a ti que me chivara yo a alguien de que robas tapones?

Joer, macho, se me escapó. Es porque le dije lo del castin y ella empezó a preguntarme cosas y yo le conté eso.

¿Qué cosas te preguntó?

No me acuerdo muy bien, no sé. ¿Me perdonas? Le digo a La Rumana que no se lo cuente a nadie más y ya está.

Se me acercó y le di la espalda, no quería perdonarlo todavía, a ver si así aprendía un poco. Me pellizcó abajo, en la parte de los michelines, y me tocó aguantarme la risa.

Para, Izan, déjame.

Joer, si te he pedido perdón ya. ¿Qué quieres que haga?

No le contesté y él se acercó más todavía y me hizo el masaje de las hormigas, que sabía que me gustaba. Es así, con dos dedos, y vas diciendo suben las hormigas, bajan las hormigas, y luego sube la serpiente, baja la serpiente, y haces zigzag con el dedo y vas moviéndolo despacio y ya después los elefantes, que es con los dos puños, y dices en alto suben los elefantes, bajan los elefantes. Izan era un poco bruto, y en la parte de los elefantes a veces apretaba a lo loco y me mancaba. Además, los masajes suyos duraban menos que los de Telma porque iba más rápido.

¿Me perdonas entonces?

Dije que sí con la cabeza.

Después, Izan sacó el móvil para hacer una foto de la luna, porque estaba fina, pero brillaba mucho. Lo malo era que no se veía muy bien con el viento, porque el aire soplaba y las hojas de la encina, al moverse, tapaban la luna. Intenté hacer hueco entre las ramas para que la foto saliera bien, pero había hojas más altas todavía, y a esas ya no alcanzaba. Izan le dio a la cámara y saltó el flash, y al ver la luz de repente, pensé que nos iban a descalificar por usar el móvil, que estaba prohibido. A veces pasa eso, que estás tan a gusto con tu amigo que no te das cuenta de que estás haciendo trampas.

Oye, ¿por qué traes el móvil? Nos van a descalificar a todos por tu culpa. Te van a registrar cuando te pillen y se van a enfadar contigo todos los del equipo.

No me van a registrar los bolsillos porque no me van a pillar, chavalín.

El móvil está prohibido, Izan. Yo me voy.

No te vayas. Siéntate y guardo el móvil y ya no lo saco más.

No. Me voy, que si no luego me llaman trapacerón a mí también.

Espera, espera, que guardo el móvil y lo apago. Quédate.

No haber hecho trampas, majo.

Si te quedas, te enseño un vídeo de los míos.

Mentira. Aquí no llega el güifi del ayuntamiento y no puedes ver vídeos sin internet.

Sí puedo. La Rumana me compró una memori car y tengo un jiga y puedo descargar tres vídeos cortos, y cuando se me gastan y ya no me dan ganas de verlos, los borro y descargo otros tres nuevos.

Otro día me lo enseñas. Me voy.

¡Qué pesado, macho! Como te vayas, saco tu foto y la tiro a las zarzas.

Izan llevaba mi cara con cejas detrás del móvil desde el día que se la di, y no era como Telma, que guardaba en la funda, además de mi foto, la cara de su abuela, la de su padre y la de una amiga de Valladolid. En la funda de mi amigo solo estaba la cara mía.

No, eso no, si la vas a tirar, para eso me quedo. ¡Pero apaga el flas!

Vale, vale, lo apago.

¡Y enséñame el vídeo!

¡Que no grites! O me lo pides sin gritar, o no te lo enseño.

Vale. ¿Me enseñas el vídeo, porfa?

Ven, acércate.

Al principio, el chico y la chica iban vestidos como la gente cuando son las fiestas de Vallesordo, con ropa elegante de pasárselo bien. Ella llevaba una falda blanca y unas medias de esas con agujeros. Él llevaba una camisa por dentro del pantalón y se le marcaban mucho las venas de las manos. Tenía cara de profesor. Como no se besaban ni nada, Izan adelantó el vídeo hasta la parte donde el hombre la perseguía alrededor de la mesa, y ella daba vueltas más rápido y decía que no, que no con la cabeza, pero al final el hombre la pillaba.

La chica tenía dos coletas rosas y las uñas también rosas y muy largas. No hablaba en español, hablaba en otro idioma, y no entendíamos lo que decía. Me fijé en las pestañas porque las llevaba azules y bonitas, enroscadas así hacia arriba como las antenas de una mariposa. Estaba de rodillas en una alfombra de pelo gris y le abrió la cremallera al hombre. Y al hombre ahora no se le veía la cara, solo se oía que respiraba fuerte y decía yes yes yes.

Izan, baja el volumen, que como pasen cerca, nos van a oír y no nos va a dar tiempo a salir corriendo.

Es que sin volumen no es lo mismo.

Pero si tú tampoco entiendes lo que dicen, anda.

Pero me gusta escucharlos, porque así parece más de verdad.

El pito del vídeo crecía cada vez que la chica se lo metía en la boca, y parecía que iba a seguir hinchándose como un globo y a explotar. La chica se echó hacia atrás porque le dio la tos, y después le dijo algo al chico, pero no supimos si lo que le decía era algo bueno o malo.

¿Puedo apoyar la cabeza en tu hombro, Izan? Es que me duele el cuello de tener la cabeza apoyada en el palé.

No, Nico, quita. ¿Has sido tú el que ha silbado?

No. Será el aire, que a veces se mete por algún agujero y hace ese ruido.

Quita, Nico, que se oye el silbido ese y no es el aire. Mira, mira, ¿lo oyes?

Serán los mastines. Hay perros que saben silbar, lo vi en la tele. Déjame apoyarme un poco, porfa, y luego te apoyas tú si quieres y vemos otro vídeo.

¡Quita! Que vienen los polis y nos van a pillar aquí y se lo van a contar a los demás y luego se va a enterar mi padre de los vídeos y me va a quitar el móvil.

Le dije a Izan que se apretara contra mí para ocupar menos espacio, y así si venía alguien y se asomaba desde abajo de la encina, no nos vería, pero él no quiso. Me apartó con el brazo y a mí me entró la vergüenza. Seguro que lo del silbido era mentira y solo lo había dicho para irse y dejarme solo.

Pero no, Izan tenía razón, no estaba mintiendo. El silbido no era de los árboles ni de los mastines, que eso me lo inventé, pero bueno. Era Telma la que silbaba. Los gemelos catalanes le sacaban una cabeza a mi amiga y por eso a ella le tocaba ir más rápido y caminar con el culo sacado. Llevaba algo enratado en el cuello, una cola de zorro o algo así, pero por entre las hojas de la encina no se veía bien.

Cuando pasaron por la luz de una farola, vimos que era Bomboniche, que lo llevaba a cuestas, apoyado sobre los hombros como un saco de patatas. Se acercaban cada vez más y yo me coloqué un dedo en la vena del cuello y coloqué otro dedo en el cuello de Izan para ver si el corazón suyo iba tan rápido como el mío. Él nunca se ponía tan nervioso, pero esta vez el corazón también le iba a mil por hora, igual que a mí.

Se apoyaron en el tronco de la encina y hablaron de los ladrones a los que ya habían encarcelado en el corro de la plaza, de lo trapacerona que era Janire, nuestra capitana, porque siempre tardaba dos segundos en sacar piedra, papel, tijera cuando sorteaban los equipos, y de si Izan y Nico no se habrían ido fuera de los límites.

¡No!, grité.

No sé por qué hice eso, la verdad, pero es que no aguanto que hablen de mí conmigo delante como si yo no estuviera. Mis padres a veces hacían eso, decían el crío esto, el crío lo otro, como si el crío no fuera yo y no estuviera sentado en el escaño viendo Surcos al pie de ellos.

Izan me mochó con la cabeza y casi me caigo del palé, pero las cuerdas azules me sujetaron.

Os hemos pillado, majicos, dijo Telma. Venga, ya estáis bajando. No nos hagáis trepar, que nosotros pesamos más y se pueden romper las cuerdas. Cuento diez.

Bomboniche intentó subir, pero no podía porque tenía las patas muy cortas. Me dieron ganas de cogerlo del hocico y tirarlo a las zarzas, porque por su culpa La Yesi estaba a punto de parir. Bomboniche saltaba, pero no llegaba ni a la primera rama de la encina, y luego se encabronaba por ser tan renacuajo, y ladraba raro, como si estuviera afónico.

Cuenta los segundos que quieras, dijo Izan, porque no nos vamos a dejar pillar. O nos dais cincuenta pasos de ventaja o nada.

Eso, dije yo. O cincuenta pasos de ventaja o nada.

Pues me tocará subir a mí, saltó uno de los hermanos, el más chulito, el que hablaba como un rapero.

Pues me tocará mearte, contestó Izan.

Eso no vale, dijo Telma, no seas tramposo, que siempre andas haciendo trampas. ¡Asqueroso de mierda!

Isquirisi di mierdi, dijo Izan. Tú recordaste antes las normas en la plaza al hacer los equipos. Y que yo sepa no hay ninguna norma que prohíba mear a los polis desde una encina.

Los tres hicieron un corrillo donde el montón de arena y juntaron las cabezas, como los equipos de baloncesto en los descansos. Estuvieron un rato así, cuchicheando. Izan me pidió que lo agarrase de los pies, que iba a colgarse del palé, boca abajo, para ver si entendía algo de lo que decían, pero en cuanto oyeron un poco de ruido, se alejaron más y siguieron con el bsbsbsbs.

Al final, Izan y Telma llegaron a un acuerdo. Los polis tenían que alejarse de la encina treinta pasos y contar hasta cinco, pero no podían empezar a contar hasta que nosotros estuviéramos con los pies en el suelo. Corté una rama de la encina, por si Bomboniche quería morderme, y bajé de espaldas. Al llegar abajo, Bomboniche me olisqueó las zapatillas, y al darse cuenta de que era el dueño de La Yesi, no me mordió ni me hizo nada.

Aunque yo salí corriendo antes que Izan, él era más rápido, y cuando íbamos por el río, ya me sacaba un cacho grande. Corríamos por la orilla y venía del agua un olor a alburnio muerto. Ese verano, los alburnos tenían la enfermedad del gusano, que les va comiendo el cerebro hasta que les sale por los ojos. Se me enganchó una zapatilla en el lodo, y tiré de ella, pero no salía, y volví a tirar, pero como vi que era imposible, y que los polis estaban muy cerca, saqué el pie, dejé ahí la zapatilla y seguí corriendo.

Después llegamos al pueblo, a las calles cementadas. Estaban cambiando las farolas, poniendo unas que gastaban menos, y las viejas las habían dejado en mitad de la calle y había que saltar por encima de ellas. Se me estaba haciendo un agujero en el calcetín, por debajo, pero quería salvar a los de mi equipo y estaba nervioso de alegría, así que no paré.

Ya más adelante, noté que no podía coger aire bien, no era capaz. Por la nariz no me daba tiempo, y por la boca notaba un ahogo, el aire no me bajaba por la garganta, se me quedaba atascado.

Izan se cansó antes que yo y se subió a un poste de la luz, y los catalanes se quedaron con él y le chillaron algo, aunque no entendí, oí la voz como si estuviera en una cápsula, como cuando vas de viaje a Portugal y al subir la cuesta esa se te taponan los oídos.

Telma y yo íbamos por la calle Majada, ella un poco por detrás, pero a punto de pillarme, porque tenía las piernas más largas. Al final de la calle estaba la plaza y ya me faltaba poco para llegar, torear al poli cuidador, dar la mano a mis compañeros, salvarlos a todos y que me gritaran eres un crac, eres un crac. El calcetín se me había rajado por donde los dedos y al pasar por donde el consultorio, se me metió una china y noté un calambrazo.

¡Tengo tu zapatilla en la mano, Nicotín! Como no te pares en tres, dos, uno, te la tiro. ¡Y voy a tirar a dar, avisado quedas!

Intentaba respirar bien, pero los pulmones me llegaban a un tope, eran como un fuelle escacharrado. Escupí en la acera, pero tenía la boca resequida, y la saliva se quedó colgando y se me pegó en la camiseta.

¡Uy, casi!, dijo Telma.

Telma, cuando le tocaba ser poli, era un veneno. Siempre quería ganar y le daba igual chantajear, pelearse, gritarte como una loca o tirarte una zapatilla a la cabeza. Pensé en el peor insulto que hubiera escuchado nunca.

¡Telma, hija de puta! Tú vuelve a tirarme algo, que me doy la vuelta y te saco los ojos.

Eso quise gritarle, pero no pude, porque no tenía fuerzas, notaba el labio inferior dormido, daba igual que pasara la lengua por encima, y sentía un hormigueo por donde los mofletes y alrededor de los ojos. La farola de la esquina ahora eran dos farolas, un círculo de luz y otro alrededor medio transparente.

Me entraron ganas de vomitar, pero aguanté y conseguí entrar en la plaza. Lo malo es que me empezaron a escocer los ojos, las cejas ya no frenaban el sudor. Telma estiró la mano y me rozó la espalda, pero metí el culo para dentro y no llegó a tocarme.

El cuidador de los polis era Eneko, un niño gordo que

siempre iba con una cinta en el pelo. Pensé que sería fácil torearlo, hacerle un quiebro, dejarlo atrás y salvar a todos los de mi equipo, que esperaban ya con la mano estirada, pero los pulmones se me cerraron del todo y me caí al suelo.

La calle, al sol todo el día, era como un brasero. Quería respirar bien, sin nervios, pero el aire se me atascaba. Aunque intentaba hinchar los pulmones con toda la fuerza, no me entraba nada de aire. Las costillas me estrujaban el pecho, como si se encogieran, y me salía un silbido de la garganta.

Telma me puso la mano en la nuca.

¿Qué te pasa, Nico? Di algo.

Mi amiga estaba ahí, al lado mío, pero la voz parecía que venía de la otra punta de la calle. Me mareaba cada vez más y veía puntitos que flotaban todo alrededor.

Telma me soplaba en la cara y eso era lo único bueno, el airecillo fresco que notaba en las cejas.

Luego vinieron los demás, y me miraban ahí quietos, y yo estaba tirado en el suelo, y quería taparme la cara, porque me daba vergüenza que me vieran llorar. Lloraba sin querer, me salían las lágrimas solas, y me asusté cuando los gemelos catalanes gritaron ayuda ayuda, porque ellos eran muy chulitos y nunca se asustaban.

Apareció la madre de Telma, que venía corriendo, y les pidió a los que estaban alrededor que se apartaran. Llevaba un cigarro de menta en la boca y me llegaba el olor.

Quitad, dijo, a ver que vea yo.

Se agachó y me puso una mano en la frente. Me dio tortas suaves y me preguntó algo, y yo decía que sí, que sí con la cabeza, aunque no entendía nada. Me dijo que siguiera un dedo suyo con los ojos, a un lado y a otro, pero no podía, porque solo pensaba en coger aire y nada más.

Cada vez había más puntitos alrededor, todo lleno de puntitos, y escuchaba a Telma y a los demás como si estuvieran lejos, dos o tres calles más allá. La madre de Telma dijo que se iba a no sé dónde y que enseguida volvía otra vez.

Izan se puso de cuclillas y me alumbró con el flas a los ojos, muy de cerca. Me empujó para que no estuviera boca arriba y me puso así, de lado, y me dijo que apoyara la cabeza en la sudadera de Eneko. Cada poco me cogía la muñeca, contaba las pulsaciones, y luego me decía tranquilo, que esto no es nada.

Cuando la madre de Telma volvió, intentaron ponerme otra vez como antes, pero yo no quería, estaba mejor de la otra manera.

No me apretéis el pecho, que me duele, dije.

Nadie te está apretando el pecho, contestó Telma.

A este niño me lo llevo ahora mismo a urgencias, dijo la madre.

El médico de urgencias, que era menos majo que el de Vallesordo, me recetó el ventolín y me prohibió jugar a polis y cacos. Era un médico con cara de enfado, y me dijo, sin mirarme a los ojos, escribiendo la receta, que de momento no podía hacer nada de ejercicio físico intenso, que solo ejercicio físico moderado. Me quedé pensando un poco mientras hablaban abuela y él, y antes de salir de la consulta, le pregunté si el baile era ejercicio intenso o moderado y me contestó que dependía del tipo de baile. Le dije que lo mío era fanqui, lo de Fama, y él puso cara de no entender. Hizo un gesto con la mano, como si espantara una mosca, y después siguió hablando con abuela, y yo entendí que sí, que el fanqui era ejercicio físico moderado.

A partir de entonces, solo podía jugar por las noches al pueblo duerme, al retroceso o al bote botero. En el retroceso, a veces, los pulmones se me cerraban un poco, pero tomaba el ventolín, contaba diez segundos y ya podía respirar bien. En el pueblo duerme no tomaba ventolín, porque es de estar sentado y adivinar quién es el asesino. Y en el bote botero, me quedaba escondido detrás del ayuntamiento con Izan y salía él a darle una patada al balón y volvía corriendo.

Pero si jugaban a polis y cacos me tocaba coger la bici y marcharme a casa.

Me quedaba en el corral con abuela y Tía Justi, y mientras ellas discutían de Dios y de los Jehovás, yo bailaba un rato con La Yesi, aunque cada vez se movía menos por culpa del triponcio y tenía las tetas que casi le llegaban al suelo. Yo creo que estaba harta de tener los hijos dentro metidos, porque andaba con la boca abierta, como si le faltara el aire, y no se ponía alegre ni aunque le acercaras una salchicha.

Ya era agosto y al árbol del corral no le quedaba ninguna cereza. Las de abajo enseguida nos las comíamos, y las de arriba, como no llegábamos a cogerlas, se asoleaban y caían al suelo pochas. Lo bueno es que Tía Justi aprovechaba todo, y cuando no había cerezas, se llevaba las hojas para un mejunje que le daba a los que tenían problemas de corazón.

Y La Lanera diciendo que este año no iban a venir los calores del año pasado, dijo abuela. ¿Que no? Pues toma ración doble. Me parece a mí que vamos a tener otra noche de fiesta.

¿Tan mal dormiste ayer?, preguntó Tía Justi.

Mal no, peor. Y eso que yo duermo en la caseta, que mira que el adobe guarda el fresco, pero nada, vuelta paquí, vuelta pallá, dieron las seis y yo con los ojos como búhos. Agarré y me tiré de la cama.

Pues yo dormí menos mal, contestó Tía Justi. Pero claro, la habitación mía está a la sombra de la higuera todo el día y quieras que no, eso se nota. Eso y que le doy las gracias a santa Eulalia antes de acostarme. Le rezo el angelico de Dios, angelico de Dios, que era lo que rezaba mi madre cuando me acochaba de pequeña, y hala, se me cierran los ojos ellos solos.

Vaya por Dios, Justi. Si es que no hay nada que no solucione un buen rezo. De narices, estamos de narices.

Bueno, tú a mí déjame en paz, coñe. Si tú no quieres rezar, no reces, pero no seas meticona. Mira lo bien que te viene ahora el abanico de la Virgen de la Luz. Si tanto reniegas, ¿qué haces con un abanico de la Virgen?

El aire venía caliente, no refrescaba, y abuela y Tía Justi estaban las dos con los abanicos de la romería de Portugal. La romería es en octubre, y hace ya mucho que no vamos, pero me acuerdo de los caminos llenos de polvo, y de la ermita que estaba en un rebanzón, que era más pequeña y más vieja que la de Vallesordo, y de los tenderetes de los moros, que vendían churros, toallas, palomas y jarrones de cerámica. Tía Justi siempre quería que entrara en la ermita con ella a ver la Virgen de cerca, pero abuela me agarraba del hombro y me decía tú quieto aquí, así que nunca llegué a entrar.

Cuando estaban ellas en el corral dándole que te pego, a mí no me hacían ni caso, aunque hablara, como si fuera yo transparente, y a veces me asustaba, porque pensaba que a lo mejor no me oían de verdad, que me había muerto y era un espíritu, y que yo podía verlas a ellas, pero ellas a mí no, y entonces le pellizcaba a La Yesi en la cola, y ella se quejaba, daba un grito, y ya me tranquilizaba, porque si La Yesi había sentido el pellizco era porque estaba yo vivo en este mundo todavía.

Esta vez necesitaba que me escucharan sí o sí, sobre todo Tía Justi, que era la que tenía coche y la que podía llevarme al castin. Ellas hablaban y yo esperaba quieto, agarrado a los reposabrazos de la silla, un poco nervioso, como la gata negra que a veces venía al corral, y veía un pájaro subido al cerezo, y se acercaba caminando sin prisa, a dos por hora, antes de dar el salto.

Pues porque valía a un euro, dijo abuela, por eso lo cogí. A mí qué más me da que venga en el abanico un dibujo de Jesucristo, de los apóstoles o de María Santísima. Compré cuatro o cinco, además. Los tengo ahí guardados por si se me estropea este.

Pues guárdalos bien, que te van a hacer falta, contestó Tía Justi. Por como cantan los grillos esta noche, te digo yo que no bajamos de los veinte grados en todo agosto. Olvídate, que no vamos a tener otra cosa que calor hasta que no entre septiembre.

Una cosa, dije, en septiembre tenemos Izan, Telma y yo el castin de Fama. No sabemos cómo ir todavía, porque el único autobús que pasa por Vallesordo pasa a las once de la mañana, y el castin es a las diez, así que...

Tía Justi me miró y movió la cabeza a los lados como hacen los gorriones antes de picotear las cerezas.

No sé de qué me hablas, cariño, contestó.

Es un castin para entrar en una academia de baile, dije, como Fama, pero de gente más pequeña, ¿entiendes? Fama es el programa que echan en la cuatro a la hora de la siesta, que te lo he contado otras veces.

¿Una prueba de baile? Pero... ¿y quieres que te lleve yo? Si es por mí, yo te llevo, aunque hace mil años que no cojo el coche. Si no se me ha caducado lo del sicotécnico, porque eso caduca si no lo renuevas. Y otra multa yo no pago.

Tía Justi tenía un coche que ya no usaba, y que era de Tío Leandrín, el marido suyo, que se mató cuando yo tenía un año y medio, así que no me acuerdo de él. El coche siempre estaba aparcado debajo de la higuera, donde el huerto, y llevaba tapado con una sábana blanca muchos años. Las golondrinas cagaban la sábana y la dejaban llena de cagarrutas, y Tía Justi la lavaba y la volvía a poner.

Tía Justi se había sacado el carnet de joven, pero no empezó a conducir hasta que Tío Leandrín se mató. A partir de entonces, iba a Zamora por la tarde con el coche y veía películas en el cine, alguna de risa, porque no le gustaba ver cosas de llorar. Lo malo es que una vez la paró la Guardia Civil, le preguntaron por las pruebas de la vista y le pusieron una multa de las grandes porque no tenía el sicotécnico en regla, y aunque pasó las pruebas, después ya le cogió miedo.

No marees a Tía Justi, dijo abuela, que bastante tiene ella con lo que tiene.

No, si no me marea, contestó ella. Lo único eso. El sicotécnico. Hacemos una cosa, Nico, tú intenta convencer a tus padres, y si no los convences yo me hago el sicotécnico y te llevo.

Me entraron ganas de tirarme encima de ella y llenarla de besos, pero me aguanté, porque a los mayores les gusta un poco de alegría, pero si es mucha alegría se hartan y te dicen quita, no me agobies, que me agobias. Después de eso, abuela y Tía Justi siguieron hablando de sus cosas, de los fréjoles verdes, que no habían salido tan buenos este año, y de no sé qué más, porque dejé de escucharlas, porque ahora estaba pensando yo en el castin, en la coreo de Dechanchanté, que ya la tenía medio preparada y que iba a ser ameisin de verdad, y pensaba también en la academia de Madrid, porque si me cogían me tendría que ir de Vallesordo seis meses o más, y en Rafa Méndez, que seguro que se pondría a aplaudir de pie después de ver mi baile.

Me entró mucho calor al pensar eso, mucha alegría, y noté que me sudaban los brazos y también las rodillas por detrás, y estuve a punto de quitarme la camiseta, pero no, porque soy muy blanco y los mosquitos enseguida me acribillan, así que me levanté y fui al baño a refrescarme un poco.

El calor salía del suelo y de las paredes, y era como si estuviera puesta la calefacción. Daban ganas de sacar el colchón al corral y dormir en calzoncillos al lado de La Yesi. Me miré en el espejo y no me gustó nada verme la cara con tantas pecas, joer, es que cada año me salían más y las del año anterior no se me iban. Ese verano, el verano de quinto, además de tener las pecas de tercero y de cuarto, me salieron otras nuevas, y así todos los años, cada vez más, y me daba miedo que se juntaran todas las pecas y mi cara acabase siendo una peca gigante.

Dejé que corriese el agua un rato, porque las tuberías estaban recalentadas y el agua salía templada al principio, aunque pusieras el grifo en lo azul. Me quité la camiseta y me eché agua fría en la espalda, en la nuca, en los sobacos y por toda la cara. Me gustaba mojarme el pelo y echar la cabeza hacia atrás porque era como una culebrilla de agua que iba bajando y me hacía quiliquili.

Iba a secarme la cabeza, pero el toallero estaba vacío, y me tocó coger uno de los albornoces. Las veces que íbamos a la romería de Portugal abuela siempre decía que me iba a comprar un albornoz de los buenos, de los que no se sueltan los hilos, pero nunca me lo compró. Cogí el albornoz de mi madre, que era el que mejor olía.

La ventana del baño estaba abierta y se oía algún tractor cuando pasaba por el bache del camino y daba el salto, y los grillos, que no paraban de cantar. Tía Justi decía que los grillos hacían el cricri con las alas, no con la boca. Frotaban las alas rápido, pero sin echar a volar, y las hembras oían el sonido y se volvían locas. Cerca de la nave del pastor, donde el huerto nuevo, había un espantapájaros con un escopetín automático que sonaba cada cinco minutos. Después del pumpum, los grillos se asustaban y se quedaban callados un poco, pero luego, según empezaba uno con el cricri, se iban animando los demás, poco a poco, y volvía el cricri cricri, y aunque cerraras la ventana se oía igual.

Me estaba secando el pelo y noté un olor que no era de mi madre, ni tampoco de abuela. Le di la vuelta al albornoz y lo olí por detrás, y olí también las mangas, la cuerda que colgaba y la parte del cuello. Era un olor parecido al de mi amigo, y me acordé del día del baño, de cuando jugamos a lucha libre y después nos tumbamos los tres así, un rato, mirando al techo y hablando de robar tapones. Y pensé que seguro que ahora Izan estaría donde el palé, viendo vídeos de la chica del pelo rosa con Aitor, o con alguno de los catalanes, y me dieron ganas de subirme a la ventana y soltar un grito que se escuchara en Vallesordo entero, Valdezarza y en todos los pueblos de la contorna.

Me quedé así un poco, con el olor ese en la nariz, y me enfadó que Izan estuviera enseñándole el vídeo a Aitor por culpa del asma. No era mi culpa. Y además, el asma no es como el catarro, que respiras eucalipto una semana y te curas. El asma dura hasta que te mueres, así que ya nunca más iba a poder jugar a polis y cacos, y en los otros juegos no tenías que esconderte mucho rato, solo un poco, y así no da tiempo a ver vídeos ni nada.

Tiré el albornoz al cubo de la ropa sucia, y antes de que vinieran las lágrimas, salí del baño y me fui corriendo por el pasillo, y alguna lágrima se me cayó, pero pocas, una o dos como mucho.

En la cocina, la persiana estaba levantada y había corriente, pero era de calor, no de frío, como cuando ponen el generador de la disco móvil y te escondes detrás y sale un airecillo caliente que te atufa. Se oía a abuela y a Tía Justi, que hablaban otra vez de la romería de Portugal, y se peleaban por ver quién había sacado más baratos los abanicos. Tía Justi dijo que los cinco abanicos por cuatro euros y abuela que los cinco por tres, y luego Tía Justi dijo que se había confundido, y que los cinco por dos y medio y abuela la llamó trapacerona.

Encendí la tele, aunque por las noches no había nada, solo programas de aburrimiento. A veces me atolondraba la cabeza con la tele, porque ponía la uno, la dos, la tres, la cuatro, la cinco, la sexta, y como no encontraba ningún programa chulo, empezaba otra vez, la uno, la dos... y cada vez más rápido y menudo mareo.

Encima de la tele, estaba el calendario que nos daba todos los años el ayuntamiento. Lo repartía el aguacil por las casas. Salía la ermita de Vallesordo en lo alto, que parecía más grande que de normal, y el cielo rosa al fondo, que era como de efectos especiales. Hacían un concurso, y la foto que ganaba la ponían, y yo creo que la foto de ese año era trucada, pero como la fotógrafa era la sobrina del alcalde, pues eso. Se llamaba Sabina y era prima de Dani, el fumeta del banco que se metía conmigo y con los demás.

En la parte de los números, había hecho yo un redondel el cuatro de septiembre, que era el castin, y el trece de agosto, que faltaba una semana todavía, y era el último día de Fama. Aunque a Yure la habían nominado ocho veces, las ocho veces se había salvado, así que estaría en la gran final. Había que llamar al sietecincosietecincoseis para salvarla, y yo llamé algunas veces, y abuela gritaba cuando veía la factura de las llamadas, porque decía que los de telefónica eran unos sacadineros y se inventaban números que no existían. Abuela se ponía toda nerviosa, y tiraba el mandil al suelo y le pegaba manotazos al teléfono, y a mí me entraba el miedo porque a lo mejor le daba un jamacuco por culpa de la mala leche. Cuando se ponía muy enfadada, me entraban ganas de decirle la verdad, pero al final no.

Me aburría, y pensé en ensayar otra vez, aunque ya había ensayado tres veces ese día, porque a los castins va gente muy preparada, que lo decía siempre Rafa. Ya tenía casi montada toda la coreo, me faltaban solo uno o dos pasos. Los que iba a hacer seguro eran el molinillo, el espejo robótico, el paso de batuka y el bumbumplac. Lo malo era que no tenía móvil, y Dechanchanté no venía en el disco mío, así que no podía escucharla mientras ensayaba, solo cuando bailaba en el banco del ayuntamiento. En casa, me tocaba imaginar la música.

Antes de empezar la coreo, me di un chute de ventolín, por si acaso. El médico me había dicho que como mucho tres chutes al día, pero yo no los contaba, y me daba gusto llenar los pulmones hasta el fondo después de apretar el flusflus, así que tomaba más chutes y si abuela me preguntaba cuántos chutes me había dado, le decía dos o tres. Las latas estaban en el armario del corral, pero ahora no me las ponía en todos los ensayos, porque ensayaba mucho y Cipriano no bebía tantas Coca Colas.

Iba por el primer paso, el de ir caminando hacia delante, despacio, con ojos de chulería y moviendo la cadera como una serpiente engarabitada, cuando oí a abuela y a Tía Justi, que estaban gritando. Pensé que era por culpa de los abanicos otra vez, pero cuando fui corriendo a la ventana y retiré la mosquitera, vi a las dos de pie, mirando abajo, Tía Justi apuntando al suelo y abuela con las manos en la cintura.

¿Qué pasa? ¿Qué son esas voces?, pregunté.

¡Corre, Nico!, gritó Tía Justi. ¡Mira La Yesi, mírala, que está pariendo aquí delante de nosotras! ¡Son como raticas pequeñas, no tienen pelo!

Le va a dar lo mismo, dijo abuela, porque más perros aquí no podemos tener.

La Yesi tuvo cuatro hijos. Bueno, tuvo cinco en total, pero uno nació esquelético y se murió a los pocos días. Era blanco blanco, y yo quería enterrarlo en la cuneta y hacerle una cruz con palos y poner encima flores azules, pero abuela lo tiró al contenedor porque dijo que iba a pegarme alguna enfermedad.

A la semana, los cachorros seguían con los ojos cerrados y no caminaban todavía. Dormían, se arrastraban un poco, bostezaban y se ponían a gruñir cuando La Yesi se cansaba de ellos y se iba por el agujero de la puerta. Mi madre no les hacía mucho caso. Salía al corral a fumar con La Yesi cuando abuela no estaba, y hablaba con ella del jefe de la residencia, de lo harta que estaba, pero no le preguntaba por los hijos. Mi padre, cuando vio a los cachorros, salió corriendo detrás de La Yesi con el cepillo, le dijo que era más puta que las gallinas, y casi le dio un golpe en la cabeza, pero cuando vi que la tenía acorralada, grité aaaaaAaaaaaAA, y tiró el cepillo y vino corriendo a por mí, pero como estaba abuela delante, no me retorció la muñeca, solo me dijo que me faltaba un hervor.

Me daba miedo que abuela metiera los cachorros en un saco y los tirara al contenedor. Preparé una cama en una caja de patatas que me dio Tía Justi, pero la caja era de cartón duro y yo quería que los cachorros tuvieran una cama mullida, que estuvieran a gusto, así que le pedí a abuela una esponja vieja, le quité los pelos, la corté en trocitos y se los puse alrededor. Escribí en un folio con letras bien grandes PROHIBIDO TIRAR A LA BASURA y pegué el folio en la caja.

El día de la final, Paula Vázquez llevaba un vestido gris de brillibrilli y unos pendientes bonitos con espejos pequeños que reflejaban las luces de colores. Ella siempre estaba contenta, pero esa noche más todavía, y no paraba de sonreír, y tenía los dientes blancos blancos. Yo estaba contento también, porque había convencido a Izan y a Telma para ver la final en el bar, los tres juntos, y así, mientras veíamos la tele, podíamos cenar el sangüich de huevo de La Rumana, que lo hace muy rico y por eso viene gente de Valdezarza y de otros pueblos a cenar los días de fiesta.

La Rumana me había explicado cómo se hacía el sangüich. Me había dicho que tenía que echar la mantequilla en la sartén, poner los panes a tostar dos minutos por cada lado, echar el jamón cocido y el queso hasta que se derritiera, y luego, hacer el huevo frito y colocar todo encima de los panes. Y ya está. Pero no era verdad, había algún ingrediente secreto, porque le conté a abuela los ingredientes, hizo el sangüich y no le salió tan rico.

Estábamos Izan, Telma y yo sentados en la mesa del bar que hay al lado de la ventana, que se ve la ermita desde ahí. Entraba un poco de aire, y menos mal, porque las paredes habían cogido el olor de los cigarros y olía mucho a humo. Ya no se podía fumar dentro, porque estaba prohibido, y algunos cazadores hacían caso, y otros no. El bar olía también a flusflus de pino, pero eso solo una semana al año, que era la semana de antes de la inspección. El padre de Izan tenía una prima funcionaria que lo avisaba y se libraban de las multas por eso.

Paula Vázquez, después de presentar a los miembros del jurado, que ese día iban todos vestidos como de fiesta, dio las gracias a todos los que estaban ahí viendo la final en directo. La final era en un estadio de fútbol muy grande, y cuando la cámara apuntó al público, me dio envidia ver toda la gente gritando con la cara pintada, y una chica con el pelo rojo subida a los hombros de su amigo, y las pelotas hinchables dando saltos, y el chico con los ojos maquillados de negro que llevaba una pancarta donde ponía YURE LA MEJOR B-GIRL DE ESPAÑA ♥.

Cuántas emociones hoy en el aire, ¿verdad?, dijo la presentadora. Estos meses no han sido un camino fácil para nuestros chicos. Muchos momentos de duda, coreos imposibles, miedos a superar... pero lo han conseguido, han llegado hasta aquí, y ellos y ellas se merecen todo vuestro cariño. ¡Que entren al escenario Raquel, Ginés, Yure, Eva, Sergi!

Yure tenía cara de ganadora, con ojos de concentración y con el pelo de leona echado para atrás. Los del público gritaban como locos, y yo también gritaba, pero para dentro. Es un truco eso, lo de gritar con la tripa sin que nadie te oiga.

Yure no bailaba hasta después del descanso, y por eso me daba igual que Izan y Telma estuvieran jugando a las cartas, sin hacer caso de los bailes, aunque cuando bailara mi favorita, más les valía dejar de echar un mentiroso y fijarse bien en la tele. A Telma se le daba mejor el mentiroso que a Izan, porque jugaba muy seria, no se reía ni un poco, y aunque la mirases durante un rato la cara no le cambiaba.

La primera parte de la final fue un poco aburrida, porque bailaron los artistas de otras ediciones, que no los conocía, y la coreo que hicieron Marisa y Raquel no les salió tan bien como ellas pensaban. Además, tenía hambre, las tripas me rugían, y La Rumana estaba comiendo pipas en la mesa de al lado, tan tranquila, sin prisa de hacer los sangüiches. Cuando no había gente en el bar, se sentaba en una silla, ponía otra silla enfrente, subía los pies, y veía la tele así, despanzurriada, y yo antes también, pero ya no, porque una vez entró el padre de Izan y me dijo chaval, que este bar no es tu casa.

La Rumana se levantó a por una Coca Cola que le pidió Telma y yo aproveché y le pedí otra. Siempre le preguntaba si podían ser Coca Colas de lata, en vez de botellines, pero ella decía que el repartidor de la furgoneta solo vendía Coca Colas de cristal. Nos trajo la bebida y nos preguntó si teníamos hambre ya, y los tres dijimos sí, sí, sí, así que dejó la bolsa de pipas a medias de acabar y se fue a hacer los sangüiches. Cuando por fin oí el ruido del aceite en la sartén, el ggggsssss, menudo gusto.

Lo único bueno de la primera parte de la final fue la coreo de Sergi y Ginés, porque no habían bailado juntos antes, pero se llevaban muy bien. Se hacían bromas y cosquillas por la espalda, y esa vez bailaron Bordisgüey, de Leidi Gaga, que es una canción de mucho radiovoltaje. Rafa Méndez les había dicho en los ensayos ¡fuego, quiero fuego!

El foco de luz alumbró a los bailarines, que nada más empezar, caminaron hacia delante con la espalda recta y los brazos arriba y abajo, arriba y abajo como los militares. Tenían cara de seriedad, con las cejas apretadas. Al llegar al centro, el círculo de luz, que era una luz blanca, se volvió rosa, y Sergi y Ginés hicieron bumbumplac, pecho, pecho cadera, y después hicieron el gesto de Rafa Méndez, lo de ponerse dos dedos en forma de uve al lado de los ojos, y de repente cambiaron el gesto de la cara y ahora sonreían como unos chulitos.

Siguieron bailando, y lo hacían muy bien, no se iban de ritmo ninguno de los dos, bailaban a la vez, parecía que habían sido compañeros de baile antes. Cuando la música aceleró, se rasgaron los tirantes, cada uno en una punta del escenario, y la cámara se acercó y llevaban escrito en el pecho los nombres con letras negras. Ponía Sergi en el pecho de Ginés y Ginés en el pecho de Sergi, y yo noté el corazón que me iba a mil por hora, y la vena del cuello haciendo tacatacatacataca.

Lo estaban haciendo tan bien que hasta Izan y Telma dejaron quietas las manos, sin tocar las cartas, y se quedaron embelesados con el bumbumplac de Sergi y Ginés.

Hicieron un mortal hacia atrás, los dos a la vez, y se miraron y guiñaron un ojo. Con tanto calor me sudaban las piernas por debajo, porque el aire que entraba de la calle no refrescaba ni un poco. Pegué el moflete en el vaso de la Coca Cola, que todavía quedaban dos hielos sin derretir.

Cuando Leidi Gaga canta lo de donbidonbidondi, que es cuando la música se para, Sergi y Ginés se fueron acercando poco a poco, haciendo zigzag con el pecho, mirándose cada vez más de cerca, hasta que se quedaron frente a frente, nariz con nariz, y la cámara se acercó tanto que se veían las gotitas de sudor que les caían de las cejas.

Se dieron un beso muy rápido, de menos de un segundo, y parecía mentira.

De repente me subió una cosquilla desde la tripa por el pecho y arriba arriba hasta los ojos. Telma me miró, y aunque yo me fijaba en la tele como si nada, a ver si me dejaba en paz o algo, ella seguía mirándome y sonriendo con una sonrisa de tonta. A veces la gente hace eso, que te mira cuando menos te tiene que mirar, y después se quejan si no les hablas. No me da vergüenza, pensé, no me da vergüenza

Te has puesto rojo, dijo Telma.

Mi amiga era más mala que un veneno y casi la insulto cabrona de mierda, pero no. Para disimular, cogí el trozo de cartón y seguí abanicándome.

¿Y qué quieres, maja? Con este calor que hace…

O me deja de mirar así, pensé, o al final le tiro la Coca Cola encima y que le den por saco. Además, cuando mira así tan de cerca, se le ponen los ojos más verdes todavía y parece que te adivina el pensamiento. Yo intentaba pensar en otra cosa, en el agua fresca de mi pozo, o en el aire que te da cuando vas rápido en la bici dando pedales, pero nada, el beso de Sergi y Ginés no se me iba. Nunca había visto dos chicos besándose, solo una vez en Los Simpson, cuando Homer no quería hablar delante de los trabajadores de la central nuclear y el asistente lo animó y le dio un beso en la boca, pero eso eran dibujos, no era lo mismo.

Menos mal que apareció La Rumana con los sangüiches, y pidió a Izan y a Telma que quitaran las cartas de la mesa y que guardaran el tapete verde. Ellos eran así, les gustaba usar el tapete como cuando los mayores echan la partida. Paula Vázquez dijo que se iban a publicidad, y que volvían dentro de cinco minutos, que eso quería decir un cuarto de hora o más, pero bueno.

Se me fue yendo la vergüenza poco a poco, porque Telma ya no me miraba a mí, ahora miraba los sangüiches, que tenían un agujero en el centro del pan, y por ahí asomaba la yema. La Rumana nos regaló un plato de patatas fritas, que me gustaban más que las de mi casa, porque a abuela le quedaban un poco blandurrias y no sonaba crujcruj cuando las mordías. Como a Telma no le gustaba nada la mayonesa, echamos kétchup y mayonesa en la mitad del plato, y en la otra mitad solo kétchup.

Cenar con mis amigos no era igual que cenar con abuela, porque con abuela, si comía con la boca muy abierta, me daba con el dedo en la mamola y me decía que por favor un poco de modales. Con Izan y con Telma comíamos como nos daba la gana, y echábamos kétchup dos veces, y se nos caía el queso derretido por los lados, y se nos manchaba la nariz y hasta podíamos arrebañar el plato con la lengua y nadie nos decía nada.

Y vosotros, dije, ¿quién queréis que gane la final?

Izan y Telma se encogieron de hombros. Aunque solo habían visto Fama dos veces conmigo, les había pedido que vieran los vídeos de los finalistas en Yutub, que así podían elegir su favorito, pero nada, como no me habían hecho caso, cambiaron de tema.

Yo quiero que ganes tú cuando vayas, dijo Telma. ¿Estás nervioso por el castin?

Un poco, contesté. Aunque faltan tres semanas todavía, pero bueno, ya tengo la coreo preparada. Ahora solo es ensayar y ensayar hasta que me salga perfecto.

¿Y ya sabes cómo vamos a ir?

A lo mejor con Tía Justi. Pero no sé todavía, tengo que hablar con ella.

Se lo puedo pedir a mi padre, dijo Izan.

Al padre de Izan le olía el aliento a güisqui cuando te hablaba de cerca y tenía el coche con muchas abolladuras. Eso era porque conducía piripi, aunque Izan decía que era porque el coche estaba viejo y el volante se quedaba atrancado. Mejor no, pensé, porque ¿y si nos para la Guardia Civil, le hace la prueba del alcohol y llegamos tarde al castin por culpa de eso?

¿Tu padre?, dije. No, tranquilo, si seguro que Tía Justi me lleva. Solo es pasar unas pruebas de los ojos y ya está.

De postre siempre comíamos un helado. La Rumana, cuando no estaba el padre de Izan, nos dejaba colarnos dentro de la barra, abrir la nevera y coger el helado nosotros. Los de nata y chocolate estaban muy ricos, pero se acababan enseguida, así que siempre cogíamos calipos o fantasmikos, que eran de hielo de sabores y duraban más. Telma cogió un calipo de fresa y nosotros dos también.

La Rumana se llevó los platos y los vasos y nos tiró la bayeta desde la barra, para que dejáramos la mesa bien limpia. Yo me hice el loco, porque la bayeta esa te dejaba un olor en las manos que puf, y Telma se quedó mirando al techo, y al final le tocó a Izan, que para eso estábamos en su bar.

La Rumana se sentó a mi lado y puso en mitad de la mesa un bol y una bolsa de pipas, y me ofreció y cogí unas pocas. Llevaba las uñas pintadas ese día y tenía las manos fuertes y gordas como mi madre. Me dijo que se había enganchado al programa hacía poco, pero que Sergi era su favorito porque era la primera vez que veía bailar a alguien así de bien. Le dije que sí, que Sergi hacía cosas increíbles, pero que Yure bailaba más de verdad.

La Rumana me caía bien, me daba confianza, porque siempre charlaba conmigo cuando me veía en la calle. Se apoyaba en el manillar de mi bici y me lo movía a los lados, así, como una amiga. Y, además, cuando me hablaba del tatuaje que tenía en la muñeca, o de su país, o de por qué llevaba el pelo corto, me hablaba normal, no como otros mayores, que ponían voz de gili.

Paula Vázquez salió después con otro vestido, uno morado de plumas, que algunas se le metían en la cara y no la dejaban hablar a gusto. El escenario de la academia era normal, pero el de la final era muy grande, y yo creo que estaba cansuta de tanto ir y venir, ir y venir con los tacones.

Los bailes que vinieron después de los anuncios no fueron tan buenos como yo creía que iban a ser.

Raquel y Ginés hicieron una coreo de lírico, y aunque Ginés intentaba bailar delicado, estirando las manos despacio y caminando con pasos de astronauta en la luna, no le salía, porque él era de estritdans. Se le notaba el esfuerzo en la cara y eso no queda bien, no es de bailarines profesionales.

Izan y Telma se aburrieron y se pusieron en la mesa de al lado a jugar a la torre, que es un juego de construir una torre con cartas. Tienes que aguantar la respiración y así no te tiembla el pulso cuando pones las cartas, y las vas poniendo muy despacio, a dos por hora. Un aburrimiento. Además, montaban la primera fila, luego la segunda, pero en cuanto ponían una carta en la tercera se les caía el chiringuito y vuelta a empezar. Telma se rascaba detrás de las orejas, que es lo que hace cuando piensa mucho, y por eso la coleta se le esmoñaba y se la tenía que volver a hacer cada poco.

Aunque la final no era tan increíble como Rafa Méndez había dicho, ya no faltaba nada para llegar a lo último, para saber quién ganaba y yo notaba cada vez más nervios en el estómago y por el pecho. La Rumana y yo seguíamos comiendo pipas, y ahora había en la mesa dos boles enteros llenos de cáscaras, porque cuando se acababa una bolsa La Rumana se levantaba a por otra, y como era gratis yo comía pipas sin miedo. Era mejor eso que morderse las uñas. Notaba la lengua áspera y resequida, medio adormilada, pero si dejaba de comer pipas me ponía más nervioso.

¡Qué nivel están demostrando nuestros cinco finalistas!, dijo Paula Vázquez. ¡Nadie podrá decir que no están a la altura! Bien, bueno, ha llegado el momento de la verdad, y mientras los chicos y las chicas se preparan, os voy a contar cómo va a ser este último baile. Los cinco bailarines harán un corro, sonarán canciones aleatorias, cada una durante treinta segundos, y ellos tendrán que improvisar, lucirse con sus mejores movimientos, aprovechar la última oportunidad para impresionar al público y a los profesores.

A Yure se le daba bien el friestail, que es así como se llama la improvisación, y cuando salieron los cinco a la pista de baile, ella estaba tranquila, con la capucha puesta, moviendo los tobillos en círculos para ir calentando.

Raquel lo hizo bien, pero no fue espectacular, porque ya se sabía que era muy flexible y todo eso, y que podía bailar con mucha profesionalidad, con el cuello estirado y caminando de puntillas como las chicas de balet. Ella bailaba bien, pero nada más, no transmitía eneryi.

Eva me asustó un poco, porque nada más salir hizo el paso de la electrocutada, que es como si te cae un trueno del cielo y te vas agachando acalambrada, poco a poco, pero justo cuando estás a punto de tocar el suelo te levantas y bumbumplac, patada voladora con la derecha, patada con la izquierda y cadera de serpiente. Me gustó tanto que casi la aplaudo sin querer.

A Ginés le tocó el friestail con una canción de las suyas, y se puso contento porque pensaba que así iba a ser el mejor, pero al final fue un poco aburrido. Abría los brazos y los cerraba como siempre, como los raperos cuando cantan y quieren dejar en ridículo a los demás. Hizo el pino y estando así, boca abajo, daba saltitos, primero levantaba una pierna y luego otra.

Cuando salió Sergi a improvisar, La Rumana dijo ganador, ganador. Hizo el paso del escorpión del desierto, que es tumbarse en el suelo y colocar las plantas de los pies encima de los hombros igual que la cola de un escorpión. Lo de Sergi no era normal, parecía de blandiblú, como si no tuviera huesos. Luego se levantó, y en una parte que la canción iba más rápido, movió el cuello a los lados a toda mecha, parecía que se iba a dislocar.

Yure fue la última y yo pensé que eso era porque iba a ganar, porque los que ganan siempre los dejan para lo último. Se colocó en el centro y empezó con el paso de

Maiquel Yacson, el de resbalar los pies hacia atrás y después poner la mano en la bragueta y gritar guuuju. Después, cuando cambió la música, era una canción de fanqui, y Yure se quitó la capucha, miró a la cámara, que yo pensé que me miraba a mí, y se puso a bailar como una demonia, con mucho poder en los ojos, haciendo unos pasos de baile que daban ganas de explotar.

Cuando la coreo acabó, a La Rumana y a mí ya no nos quedaban pipas, nos habíamos comido tres bolsas en total. Izan y Telma seguían con el segundo piso de la torre. No sé cómo no se aburrían después de que se les cayera, y de intentarlo una vez y otra y otra. Por lo menos en el juego de la torre no discutían, porque si Izan le echaba la bronca a Telma cuando se equivocaba, después Telma podía vocearle también, así que tenían el acuerdo de no gritar.

Querido público, dijo Paula Vázquez, en este sobre amarillo está el nombre del ganador o ganadora de esta edición. También están aquí los nombres de los otros cuatro bailarines finalistas, ordenados por el número de votos. Diré el nombre del quinto, luego del cuarto y así hasta llegar al primero, ¿listos? Sé que estáis nerviosos, creedme, yo también lo estoy.

Paula Vázquez estaba sudando igual que nosotros y el maquillaje de los ojos se le había emborronado. No estaba tan guapa como al principio. La luz se le reflejaba en los espejos de los pendientes y también encima del labio, donde el bigotillo.

El público ha decidido… con un diez por ciento de los votos… que la quinta posición sea para… ¡Raquel!

Di un salto en la silla, porque pensé que iba a decir Yure, pero no. Estaba muy nervioso, y el corazón me iba rápido rápido, y cada vez que latía, sentía el latido en los ojos y en la garganta y todo por aquí. Raquel se acercó con cara de pena y la presentadora le dio un ramo de flores.

Esto no es nada fácil, dijo Paula Vázquez, pero todos sabíamos que este momento iba a llegar. Sigamos. El público ha decidido... con un quince por ciento de los votos... que el cuarto mejor bailarín de esta edición sea... ¡Ginés!

Joer, dijo Izan, ese era el que más me gustaba a mí.

Chsssss, no hables tan alto, dijo Telma, que con el aire empujas las cartas y se cae la torre.

A Ginés le dieron otro ramo de flores, más grande que el de Raquel. Lo bueno de Ginés es que no era nada enfadica, y aunque quedó cuarto sonreía como si hubiera quedado primero.

Y ahora ya entramos en el pódium, dijo Paula Vázquez. De los más de cincuenta bailarines que han pasado por la academia de Fama en esta segunda edición, el público ha decidido con el diecinueve por ciento de los votos... que el bailarín o bailarina que se lleva el tercer puesto sea... ¡Eva!

Eva no era como Ginés, era muy competitiva, y se le veía en la cara que le fastidió porque creía que iba a ganar. Le dieron una estatua de bronce con el logo de Fama y ella la cogió sin mucha ilusión.

Ya solo quedaban Sergi y Yure, y yo no aguantaba más sentado, así que me puse de pie. Necesitaba apretar algo mientras tanto, y cogí una bolsa de pipas y la arrugué, y me daba igual que las esquinas se me clavaran por dentro de las manos.

Sergi y Yure, dijo Paula Vázquez, dad un paso adelante. Antes de nada, enhorabuena por haber llegado hasta aquí, y también enhorabuena a Raquel, a Ginés y a Eva, todos unos magníficos bailarines. Ha llegado el momento más esperado de la noche. Allá vamos. El público, con el treinta y tres por ciento de los votos totales, ha decidido que el ganador o ganadora de Fama A Bailar Segunda Edición sea...

Paula Vázquez levantó la mano de Sergi, igual que un árbitro en un combate de boxeo, y parecía una broma de las malas, de las que nadie se cree, pero no, era verdad.

Al principio, mientras Sergi miraba al cielo cubierto de confeti, me entraron ganas de chocar la cabeza contra la pared y desmayarme, no me daba la gana, no podía ser verdad, no era justo. Los del público gritaban Sergiii Sergiii, los bailarines abrazaban al ganador, Paula Vázquez estaba muy feliz y yo quería tirarme por la ventana y desaparecer para siempre.

Yure estaba sentada en el suelo con la cabeza entre las piernas, y cuando la cámara la apuntó de cerca se veía que estaba llorando, y yo puse los brazos en la mesa, apoyé la cara, y no podía aguantar más, aunque intenté aguantarme mucho, y lloré también.

Estaba llorando, pero no quería que mis amigos me vieran los ojos de llorica, y Telma intentó levantarme la cara, porque era una gilimema de las narices, pero yo hice más fuerza y me quedé así un rato. Telma me decía que si solo lloraba por eso, y yo no quería contestar, quería estar solo, que no hubiera gente cerca de mí, y abrir los ojos y estar en mi habitación a oscuras con La Yesi al lado y nadie más.

La Rumana era una persona buena, y esa vez sobre todo, porque no me preguntó bobadas, solo se sentó a mi lado y me puso una mano en el hombro. Estuvo así, sin hablar, sin dejar de darme caricias por la espalda, hasta que se me cortó el lloro.

A abuela le daba igual que la mirase mientras cagaba. Yo me ponía donde el cubo de la ropa sucia, con cuidado de no abollar la tapa, y ella se sentaba en el retrete y estaba ahí diez minutos o más. No se atrevía a apretar mucho, porque Luci La Lanera había tenido una hernia en la tripa, y la practicanta le dijo que era por eso, por hacer mucha fuerza al cagar, así que abuela apretaba un poco y luego dejaba de apretar y así hasta que salía.

Hoy ya tienes otra cara, hijo. Se nota que estás más contento.

Me decía eso porque al día siguiente de la final no salí de mi habitación, solo dos veces para ir al baño. Ella me llevaba zumos, y volvía después, al poco rato, y me ponía el termómetro y esperaba sentada en la cama hasta que sonaba el pipipipipí. Yo estaba cansado y con los ojos calientes, como cuando tenía fiebre, pero en el termómetro salía que no. Yure había perdido la final, no había más oportunidades y no podía dejar de pensar todo el rato en eso.

Di, Nico, ¿estás más contento hoy o no?

Más o menos.

Que sí, hombre, si Yuri, ya con solo salir en la tele, tiene la vida solucionada, a ver si te crees que no la van a llamar para bailar en un sitio y en otro. Lo de ganar es lo de menos.

Se dice Yure, no Yuri.

Pues eso, Yure.

La última semana, después de perder Yure, había estado sin jugar al retroceso ni al pueblo duerme, sin bajar a la plaza, y solo veía a Izan y a Telma cuando venían al corral y acariciábamos a los cachorros de La Yesi. Mi padre decía que estaba cucú, porque la tristeza no te puede dar por bobadas de la tele, y abuela decía que eso mío era un berrinche y que hay gente que coge berrinches por unas cosas y otra gente por otras. Lo bueno del berrinche fue que abuela dejó de mandarme hacer otras cosas cuando me veía bailando. Ahora, si llegaba y estaba yo haciendo la coreo en el corral, se sentaba en la silla, debajo del cerezo, y se me quedaba mirando mientras yo bumbumplac, y ponía ojos de no entender, y se le escapaba la risa, pero al final me daba un aplauso y yo le decía gracias, gracias.

Pero no es lo mismo ganar la final y quedar primero, dije, que ser el segundo. Además, Sergi se ha llevado cien mil euros y Yure nada, un trofeo solo.

¿Cien mil? Es mucho... pero hijo, da igual, si a la gente famosa lo que le sobra es el dinero. Y Yure es famosa ya. Yo ni la conocía, y ahora da igual el canal que pongas, que al poco sale ella hablando ahí.

Abuela tenía razón en eso, porque le estaban haciendo muchas entrevistas y a lo mejor luego la sacaban en otro programa. O a lo mejor la cogían de profe en la siguiente edición de Fama y enseñaba estritdans a los nuevos bailarines. Al pensar en eso, no se me quitó la tristeza del todo, pero un poco sí.

Abuela empujaba fuerte, se le marcaba la vena del cuello, y me daban nervios de verla así, con la cara tan roja, porque a lo mejor le explotaba la hernia y se la llevaban al hospital. Al ver que apretaba mucho los dientes, me acerqué y le di toquecitos en la mano para que aflojara.

Al poco, me guiñó un ojo y agachó la cabeza, que es lo que hacía cuando ya notaba que iba a salir. No sonaba plof al caer, porque en vez de caer en el agua caía en un trozo de papel que colocaba ella antes de sentarse. Es un truco eso, ella lo aprendió cuando estuvo sirviendo en Bilbao, de muy joven, antes de casarse con mi abuelo, porque el baño de las criadas estaba cerca del salón de la familia y la primera vez que cagó sonó plof, y la riñeron.

Después tiró de la cadena y se lavó las manos con el jabón blanco, un jabón que hacía Tía Justi con grasa de cerdo, pero que te dejaba la piel resequida, y por eso usaba yo el otro, el del bote del Eroski, que era ya la tercera vez que lo rellenaba con agua y gel, porque mis padres seguían sin dormir juntos, no hablaban, y cada uno iba a hacer la compra por su lado y muchas cosas quedaban sin comprar.

Abuela abrió el armario y se echó dos flusflus de la colonia del huevo rosa. Yo a veces me echaba un flis en la muñeca, porque era un olor rico y daba gusto si lo olías. Abuela tenía dos colonias, una marrón de diario, que nunca se ponía, y la del huevo rosa, que se la ponía cuando venía mi tía de Salamanca. Le pregunté si se la echaba por eso, y me dijo que no, que era porque por la tarde iba a ir con Tía Justi a Zamora a acompañarla a comprar una blusa.

A mí me extrañó, porque en Vallesordo solo hay un autobús a las once, que te lleva a Zamora, y luego otro para volver, que es a las siete de la tarde.

¿Han puesto otro autobús?, pregunté.

Abuela estaba en el espejo, intentando bajarse el quiriqui, pero en cuanto lo soltaba, los pelos de la coronilla se le ponían de punta otra vez. Yo también tengo un quiriqui en el mismo sitio, míralo, y cuando me ducho y me voy a la cama sin secarme el pelo, me pasa lo mismo, se me queda el quiriqui todo el día.

Pues sí, dijo, si cada vez habemos menos gente, ¿cómo van a poner otro autobús? Y mira que podía venir alguna familia a vivir aquí con los críos, estando al pie de Zamora como estamos, pero nada, no, en autobús no, voy con Tía Justi, que conduce ella.

¿Con Tía Justi? ¿Pero ya ha pasado las pruebas de la vista? ¿O va a hacer trampa?

Antes de ayer las pasó, hijo, y nada más pasarlas vino por aquí, pero estarías echando la siesta y no te diste cuenta por eso. Vino y dejó el coche ahí aparcado, a la puerta del corral. La de años que hacía que no veía yo ese coche…

Abuela se rindió con el quiriqui, porque lo bajaba y enseguida se volvía a poner picudo. Tiró de la cadena por segunda vez, apretando bien el dedo, y no soltó hasta que dejó de caer el agua.

Mira dentro, Nico, mira. ¿Lo ves? Pues así de limpio tiene que quedar siempre, que luego vengo yo detrás y me encuentro la sorpresa. Y no es por mí, que a mí me da igual, pero si vas a casa de algún amigo y se te olvida, fíjate tú lo que van a pensar.

A abuela le gustaba exagerar las cosas, y ya solo porque una vez no tiré de la cadena, me decía todo el rato lo mismo, y además, yo no quería hablar de eso ahora, quería hablar de lo de Tía Justi.

Una cosa, dije, si Tía Justi ha pasado las pruebas, me llevará ella al castin entonces.

Ya la escuchaste aquel día, Nico, te dejó bien claro que convencieras a tu padre, y que si no podía llevarte él a lo mejor te acercaba ella. ¿A que no se lo has vuelto a preguntar?

Se lo pregunté un día y no me hizo caso.

Pues pregúntale otra vez, y venga, anda, vamos a la cocina y me ayudas a poner la mesa, que estarán al llegar.

Ese día, la comida era ensaladilla de primero y de segundo conejo con pimientos, así que nos tocó poner plato hondo, plato llano, y cuchara, tenedor y cuchillo, las tres cosas. Abuela no preparó una ensaladilla para cada uno, como otras veces, porque decía que andaba cansuta.

La cocina estaba medio a oscuras, porque abuela oreaba las habitaciones a la hora del desayuno, y en cuanto salía un poco el sol, bajaba las persianas y ya no nos dejaba subirlas hasta por la noche. La bombilla daba poca luz y a veces parpadeaba y parecía que iba a jorobiarse, pero le dabas un plinplin con el dedo y seguía funcionando. Cuando venía Tía Justi, nada más poner un pie en la cocina, decía siempre uy, según entras aquí, no se ve nada.

Abuela sacó el conejo del horno y salieron los olores y el humo caliente. Estuve a punto de levantar la persiana, pero abuela me miró con el morro revirado y me quedé así, quieto, sujetando la correa.

Ni se te ocurra, dijo. A ver si llevo yo toda la mañana con todo bajado y vas tú ahora y me metes el sol en casa. Abre bien las puertas, si quieres, que algo de corriente se nota.

Era mentira eso, porque abrías las puertas y no corría el aire ni un poco. Y encima abuela no nos dejaba comprar un ventilador para la cocina, porque decía que así se cogen los costipados. Mi padre tenía uno en la habitación suya, y una vez que estaba durmiendo la siesta se lo cogí en silencio, pero me pilló y menuda bronca.

Ya estaba todo, solo faltaba la lechuga y el tomate, y como mi madre es muy vinagrera, poníamos la ensalada normal en una fuente y la de mucho vinagre en otra. Después, abuela me mandó coger la jarra y envolver el agua fría con el agua del tiempo, porque el agua del frigórifico, si la bebes sola, hace daño en los dientes.

Nada más entrar mi padre, agarró la jarra y bebió agua como bebía él, tragando sin cerrar la boca, sin tocar la jarra con los labios, y el hueso de la garganta le subía y bajaba, y me daba envidia, porque cuando intentaba yo beber de la jarra sin cerrar la boca, se me iba el agua por el otro lado y me entraba la tos.

Mi padre se sentó en su sitio, pegando a la ventana, y me pidió que le acercara el mando. La tele era un aburrimiento con él. Siempre ponía el telediario de Castilla y León, que era peor todavía que el otro.

¿Qué tal hoy? ¿Ya se te pasó el berrinche o qué?

Mi padre tenía el pelo mojado, porque cuando hacía mucho calor antes de entrar en la cocina sacaba agua con la rada del pozo, metía la cabeza y hacía pbrrr pbrrr con los labios. Iba a contestar yo, pero se me adelantó abuela.

Sí, dijo, hoy ya se le ve más contento. No se ha puesto a bailar porque ya era la hora de comer y no lo he dejado yo, que si no, aquí estaba bailando.

Ya te he contado que abuela exageraba las cosas, pero otras veces se las inventaba directamente y no se ponía roja ni nada. Me miró así, como miraba ella cuando había que seguirle la corriente, y yo me encogí de hombros.

Míralo, ahora me deja a mí por mentirosa. Serás trapacerón. ¿Has querido bailar aquí esta mañana o no has querido bailar?

Ah, sí, dije, antes, hace un rato.

Mi padre subió el volumen del telediario y me pidió que le acercara la cuchara grande, la de la ensaladilla. Abuela no se sentaba en la camilla hasta que estábamos todos, decía que había que esperar, pero mi padre no esperó, se sirvió el plato suyo y empezó a comer. Pinchó las alcachofas que le tocaron y las dejó en el plato de al lado, el de mi madre.

¿Ya cobraste el cereal?, preguntó abuela.

Abuela estaba apoyada en la encimera mirando la tele, porque cuando hablaba con mi padre, hacía eso, lo de hablarle a él, pero mirar al telediario. Conmigo no, conmigo me miraba a los ojos de cerca.

Sí, dijo, he ido a Cobadú y ya está todo cobrado. Lucio me ha dicho que aguardara un poco a ver, pero ya era el tercer día que bajaban los precios, y digo, verás tu que bajan más y nos pasa otra vez como hace dos años.

Te habrán pagado bien, entonces.

Podían haberme pagado mejor. Cuatro pesetas, pero bueno, entre estas cuatro pesetas y las del año pasado, yo creo que nos dará para comprar el Masi Ferguson, a ver si hago cuentas.

Él seguía erre que erre con eso. Quería el Masi Ferguson de nosecuantos caballos, porque al año siguiente iba a arrendar más tierras, las de Luci La Lanera y las del padre del aguacil, y el Yondir no podía con tantas fincas. Siguieron hablando de los cereales, porque cada cereal tiene un precio distinto, el trigo uno, la avena otro, la colza otro y así, y yo quería aprovechar ahora que estaba contento mi padre y preguntarle lo del castin, pero no había manera, porque no paraban de hablar y de repetir las mismas cosas.

El trigo y la colza sí, dijo abuela, pero la avena tendrías que haber aguardado, que siempre sube algo el precio de cara a octubre.

Mi padre ya había echado la mayonesa y estaba dándole vueltas para que se mezclara bien con las patatas y las aceitunas y los trocitos de huevo. A mí me rugían las tripas, pero me tocaba aguantar.

Nada, no, dijo mi padre, eso pensábamos también hace dos años y mira al final. Quita, quita, mejor que nos paguen todo ahora y se acabó. Así nos quitamos de problemas.

Oímos el gggg de las piedras del camino y enseguida supimos que era mi madre, porque ella siempre frenaba de golpe al llegar. También discutían por eso cuando hablaban, porque mi padre decía que así se estropean los frenos y mi madre le decía déjame en paz, que no me dejas en paz.

Al entrar en el corral le dijo algo a La Yesi, y yo pegué la oreja a la persiana, pero no entendí lo que decía, solo se notaba que era algo con voz de cariño. Mi madre hablaba más con La Yesi desde que había tenido los cachorros.

Venga, que estábamos aguardando por ti, dijo abuela.

Mi madre saludó sin contestar, levantando la cabeza, y dejo las bolsas del Eroski en el suelo, debajo de la tele. No le pregunté si había comprado leche de la mía porque venía con cara de hartura y a lo mejor me llevaba un torniscazo.

Sacó la bata de la mochila, pero no la metió en la lavadora, como otras veces, se quedó mirándola con los ojos quietos, como dudando, y abuela la volvió a llamar.

Venga, que se va a enfriar el conejo y luego no hay quien lo coma.

Guardó la bata en la mochila y cerró la cremallera, que era ya vieja y siempre se atascaba. Se quitó la coleta, que la tenía medio caída, y se la volvió a hacer, y mientras se la hacía, agarraba la goma del pelo con los dientes.

Ha sido complicado hoy, dijo.

Miró a abuela, que estaba quitando el precinto al bote de mayonesa, y después a mi padre, que le faltaba ya poco para acabar la ensaladilla. Yo la miraba, pero ella solo quería que la mirase abuela o mi padre, porque se creía que no me enteraba yo de las cosas, pero sí.

Se apretó la coleta y se sentó en su sitio, donde el escaño. Se enfadó al ver las alcachofas de mi padre en el plato suyo y enseguida las cogió y las dejó en el plato de abuela.

Hija, ¿ahora tampoco te gustan a ti las alcachofas? Si siempre las has comido.

No quiero alcachofas hoy.

¿Y por qué no?

Pues porque no me da la gana.

Después de eso, se quedaron en silencio, y yo quería

hablar del castin y preguntarle a mi padre, pero no me atrevía, porque parecía que si decía yo algo alguien iba a gritar, y cada vez pasaban más minutos y más miedo me daba hablar yo el primero. Se oía solo al señor del telediario y a La Yesi, que gruñía a los cachorros cada poco porque eran unos pesados y no la dejaban descansar a gusto.

Cuando mi padre acabó la ensaladilla, arrebañó la mayonesa del plato con un cacho de pan y lo dejó limpio limpio. Abuela le recogió el plato y lo llevó al fregadero. Ella agarraba los platos así, con las dos manos, porque tiene esclerosis en el brazo derecho y se le está quedando inútil.

Después comimos el conejo, que daba buen sabor, aunque estaba un poco resequido. Mi padre se sirvió tres tajadas y después le quitó el molledo al trozo de pan, lo desmigó y lo metió en el plato. Es un truco eso, y yo le copiaba, porque así el molledo coge el sabor del moje y luego está más rico.

Mi madre se echó solo una tajada, y como abuela vio que era poco, fue a echarle otra, pero mi madre puso el brazo delante del plato y no la dejó.

Nadie decía nada y yo iba a decir lo del castin, pero no podía, porque notaba cosquillas de las malas por bajo los pies. Abuela hacía ruido con la lengua al chupar los huesos de conejo, mi padre tenía la cara enzafanada de grasa y mi madre apretaba cada vez más la servilleta dentro de la mano. Parecía que iba a pasar lo mismo que el día de la discusión gorda, cuando mi padre tiró el mando al suelo y mi madre lo llamó cabrón de mierda y yo eché a correr.

Después del conejo, abuela se levantó a por la sandía.

Pidió espacio para colocar la bandeja, y se notaba que

estaba nerviosa, igual que yo, porque movía la boca como si masticara chicle. Apartó la raja que mejor pinta tenía, la de menos pepitas, y la puso en el plato de mi madre, que dijo que no con la cabeza y después echó el aire por la nariz, así, ffffff.

¿Qué te pasa?, le pregunté.

No me contestó, y yo veía que respiraba con el pecho subiendo y bajando cada vez más rápido, y las manos le temblequeaban. Abuela estaba comiendo un trozo de pan con un trozo de sandía, a ella le gustaba así, y mi padre cogió otra rodaja.

Mi madre se levantó de repente a por la mochila, y yo notaba cada vez los pies más acalambrados, y ella sacó unos pañuelos sucios, una pinza de la ropa, un botecito de colonia y la cartera vieja, que ya no usaba, pero le daba pena tirarla a la basura.

No está aquí, dijo. Me lo habré dejado en el coche.

¿Cuál?, preguntó abuela.

O espera, a lo mejor en el otro lado.

Mi madre se puso a buscar en la otra parte de la mochila, en el bolso pequeño, y sacó un papel, que no era la receta verde de las pastillas, ni la plantilla azul donde venían los horarios. Era un papel rosa.

¿Qué quieres que haga yo con esto?, preguntó abuela.

Léelo.

Como tenga que leerlo yo, con todas las letras que trae, estamos aquí hasta mañana. ¿Qué te pasa? ¿Qué es?

Mi madre miró a mi padre, por si quería leer el papel rosa, pero él bajó el volumen del telediario y después siguió con la sandía. Mi madre dobló el papel a lo burro, en dos mitades no, así, como cuando tiras un folio a la papelera.

He ido a la médica hoy, dijo, y me ha dado la baja.

¿La baja? ¿Tan mal estás?, preguntó abuela. Yo tan mal no te veo, hija, la otra vez sí, porque estabas como estabas, pero ahora…

Abuela decía eso porque dos años antes, cuando iba yo a tercero de primaria, mi madre anduvo muy pachucha de los nervios, y estuvo una semana en el hospital y ya después mejor. Fue cuando empezó con las pastillas.

Ya sé yo que tan mal no me ves, dijo mi madre. ¿Qué vas a ver tú?

Después se quedaron en silencio otra vez y abuela empezó a hurgarse los dientes con un palillo, porque se quitaba la comida de la boca de esa manera, no le gustaba el cepillo de dientes. Mi padre tenía un trozo grande de sandía en la boca, y cada vez que daba un mordisco, le salía el líquido rojo por los lados. Mi madre estiró el brazo para coger el mando de la tele y le tuvo que dar unas cuantas veces al botón de apagar hasta que se apagó.

Y me han dado la baja por lo que ha pasado en la residencia, dijo mi madre, pero si estoy así no es por el trabajo solo, lo sabéis bien.

Mi padre cortó el trozo de sandía con tanta fuerza que sonó el raspón del cuchillo al llegar abajo del plato, y yo me asusté y casi me muerdo la lengua, y La Yesi, que oía todo desde el corral, se asustó también y ladró fuerte, como cuando había algún desconocido en la puerta del corral. Abuela apretó la mano y se le notaron todas las venas, que eran gordas y azules.

Habla lo que tengas que hablar, dijo mi padre.

Llevaban sin decirse nada desde el día que mi padre se fue a dormir a la habitación de invitados. Cuando querían hablar entre ellos, me decían a mí pregúntale esto a tu padre o le dices a tu madre de mi parte no sé qué. Mi madre giró la cabeza hacia donde mi padre y abrió los ojos, así.

No voy a hablar con el crío delante, gilipollas.

Abuela soltó el palillo y enseguida empezó a meter los tenedores y las cucharas en la bandeja de la sandía. Ahora mi padre miraba a mi madre, pero ella no le hacía caso y sacó el móvil. Mi padre soltó el cuchillo y dio un puñetazo en la mesa que casi la rompe.

Parecía que iba a gritar un insulto él también, porque tenía los labios apretados de la mala leche, pero no, se levantó y se fue dando un portazo, y yo notaba las cosquillas de las malas subiendo por los tobillos y por las piernas todo para arriba, y quería ponerme de pie y abrir la puerta de la cocina y abrir la puerta del corral y salir corriendo hasta el final de Vallesordo y más lejos todavía, hasta después del monte, pero no podía esta vez, no sé por qué, y yo decía en mi cabeza por dentro hay que correr, hay que correr, pero las piernas no me hacían caso y me quedé sentado sin moverme.

Ya era uno de septiembre, y faltaban tres días para el castin de Fama Kids, y yo ya me sabía la coreo de memoria, pero seguía sin tener nadie que me llevase. Ya no hacía tanto calor como en agosto, porque en el corral, encima de la silla de abuela, estaba la manta de las pelusas, que cada pelusa que le quitabas, le salían dos nuevas. A los cachorros les gustaba la manta y saltaban a ver si la cogían, y no llegaban y se caían de espaldas, pero no se hacían daño porque tenían los huesos flexibles.

Abuela decía que no le gustaban los cachorros, pero a veces se ponía de cuclillas y los acariciaba con un dedo, que la veía yo. Además, era ella la que recogía las cagarrutas, las metía en un saco y se las llevaba a Luci La Lanera, que tenía un huerto y que las usaba de abono para las lechugas y las zanahorias.

Era la hora de la siesta y yo quería ir a casa de Tía Justi a preguntarle lo del castin, pero no me dejaban salir tan pronto de casa y mi padre estaba comiendo en la cocina y seguro que me gritaba si me veía coger la bici. Yo andaba en el corral, acariciando a los hijos de La Yesi, y oía el runrún del telediario. Desde el día del puñetazo en la mesa, ya no comíamos juntos, comíamos primero abuela, mi madre y yo, y luego después mi padre él solo.

La caja de patatas estaba desmenuzada a esas alturas, porque a los renacuajos les dolían los dientes y no paraban de morderla. La Yesi estaba harta de los cachorros, y cada poco se iba a pasear ella sola por los caminos y no volvía hasta que tenía que darles la teta otra vez. Pensé en ponerles nombres y así, cuando los fuera llevando casa por casa, sería más fácil regalarlos, porque no es lo mismo preguntar ¿quieres un perro?, que ¿quieres a Sira? ¿Quieres a Nora?

Al primero que cogí fue al negro, que tenía la cara chupada. Daba cosa levantarlo en el aire, porque la cabeza era grande y el cuerpo fino, y parecía que si no lo sujetabas bien se iba a descuajeringar. Además, tenía un ojo más grande que el otro y me daba miedo que saliera retrasado, pero eso hasta dentro de un tiempo no se podía saber.

Tú vas a ser Carbón, le dije, que ese nombre da fuerzas y así engordas rápido. ¿Carbón te gusta de nombre?

Puso cara de que le daba igual, y nada más soltarlo, fue corriendo con los hermanos.

Cuando corría rápido daba miedo, porque era como un gigante cabezudo con un cuerpo de pitufo, y se chocaba con las cosas todo el rato, aunque no se quejaba y seguía andando tan contento.

La segunda tenía unas manchitas en los labios que parecían colmillos, y era de color canela. Le acaricié la tripa, a ver si se calmaba un poco, pero estaba nerviosa, igual que los hermanos, y no dejaba de engarabitarse, y me mordía los dedos jugando, sin hacer herida.

Tú te vas a llamar Piraña, le dije, que eres una mordiscona.

Piraña caminaba dando saltitos y con el rabo empuntiado, y era muy marimandona porque le habían salido los dientes antes que a los demás.

Ahora cogí al cachorro que tenía una oreja de cada color, marrón una y la otra blanca. Ese era el que no paraba quieto, el que andaba escarbando casi siempre en la tierra del cerezo y dejando todo perdido, pero al levantarlo en el aire, puso ojos de bueno. Yo creo que eso era porque al agarrarlo del pescuezo creía que lo llevaba La Yesi en la boca.

Tú te vas llamar Martín, le dije, porque tienes orejas de Martín, y ya verás lo grande que vas a ser de mayor, que se te nota en los pies. Eso sí, deja de escarbar tanto en la tierra, que al final abuela se enfada de verdad y te toca el cuadro.

Yo creo que los perros, cuando les da la gana, entienden, porque después de decirle eso Martín se sentó al lado de sus hermanos, con la cabeza apoyada en el suelo y se quedó ahí, tan tranquilo.

La cuarta cachorra era gris entera. No había salido al padre ni a la madre, y fue la que más tardó en abrir los ojos, y menos mal que los abrió, porque a una perra ciega no la quiere nadie. No le gustaba mucho que la acariciaran, ella prefería ir a su bola, así que en vez de cogerla en brazos, me puse de cuclillas y la sujeté.

Tú te vas a llamar Niebla, porque eres gris gris como la niebla, pero eso de ser tan arisca con la gente y no dejarse tocar, no, ¿eh?

Estaba así, acariciando a Niebla, cuando oí el portazo que pegó mi padre. Yo le había preguntado si le molestaba comer él solo, y él me había dicho que no, que le daba igual, pero era mentira, porque desde que comía él solo cerraba las puertas a lo burro, y ya no me pedía que me quedara con él los sábados por la noche a ver Surcos y a comer aceitunas negras. Mi madre decía que ya se le pasaría con el tiempo.

Iba en bici, de camino a casa de Tía Justi, y me paré en la cuneta a coger unos jaramagos, unos quitameriendas, algunas malvas y también las flores azules que no me acuerdo ahora como se llaman. Pensaba que Tía Justi, al ver el ramo de flores, abriría los ojos como los abría ella cuando algo le hacía ilusión.

Aparqué la bici en la acera y toqué el timbre. Tía Justi siempre ponía botellas de agua en la puerta, porque decía que las botellas espantan a los perros y así no mean. También colgaba de las ventanas ristras de ajos, que llegaban hasta el suelo y perfumaban toda la calle, y eso era por si algún forastero pasaba por ahí, sin conocer a nadie del pueblo, y andaba en busca de una curandera.

Abrió la puerta y le vi el mandil todo negro. Parecía que venía de sacar petróleo. También tenía en la frente gotitas negras.

Hola, Tía Justi, venía por una cosa.

Yo te juro y te conjuro para que no crezcas ni aborrezcas, contestó ella. Ni juntes el rabo con la cabeza y que del cuerpo desaparezca.

Creí que eso era un refrán de los suyos un poco largo, y le di el ramo, pensando que me iba a dar un abrazo y a colocar las flores en agua, pero en vez de eso, lo guardó en el bolso del mandil, sin decirme nada, y las flores se mancharon con la pintura negra. Volvió a decir lo mismo, lo del Te juro y te conjuro, y yo me quedé ahí, de pie, sin saber qué contestarle.

Me agarró del hombro y me hizo entrar.

Tía Justi caminaba muy rápido por el pasillo, haciendo aspavientos con las manos y repitiendo muy alto lo del Te juro y te conjuro, casi gritando, como si no estuviera yo delante. El suelo del pasillo era raro, porque había partes de madera y otras partes de baldosas pequeñas y blancas. Parecía que el pasillo estaba hecho con cosas que habían sobrado de otros pasillos y que nadie quería. Las puertas de las habitaciones estaban todas cerradas y solo se veía un poco de claridad al fondo. Tía Justi seguía moviendo la espalda como si tuviera una avispa por dentro del mandil que le estuviera dando picotazos. Me daba miedo.

Al llegar a la cocina, cogió un palo gordo y empezó a remover la perola que había en el centro de la camilla. En las paredes había muchos espejos, calabazas pequeñas, cintas pegajosas llenas de moscas, una cabeza de un jabalí y una enredadera que subía por el techo y llegaba hasta la lámpara. También había encima de la chimenea una hilera de botecitos de cristal, y un poco más arriba, el calendario de Santa Eulalia.

Yo te juro y te conjuro para que no crezcas ni aborrezcas. Ni juntes el rabo con la cabeza y que del cuerpo desaparezca.

Mientras decía las palabras esas, le vibraba el pelo y le temblequeaban los brazos. ¿Y si le ha mordido un perro? A lo mejor tiene la rabia, pensé, y ahora se va a caer al suelo y le van a salir espumarajos por la boca y se le va a parar el corazón.

Menos mal que no pasó eso. Poco a poco, se fue cansando, removiendo la perola más despacio, y ahora decía lo del Te juro y te perjuro en voz baja, con la cabeza de lado, con el pelo que se le metía en los ojos. Yo miraba desde el hueco de la puerta con un pie en el pasillo, por si acaso.

Cuando acabó, abrió las cortinas de par en par y entró algo de sol, no mucho, porque la casa de Tía Justi es igual que la caseta de abuela, de adobe y paja, y tiene ventanucos, que son como ventanas, pero más pequeñas. Fue al fregadero y metió la cara debajo del grifo. Aunque era más mayor que abuela, doblaba la espalda igual que una moza. Después de lavarse la cara, se sentó en la camilla, enfrente de la perola, y me miró sonriendo. Pensé que me iba a decir algo, pero se quedó así, con cara de boba, esperando a ver si decía algo yo.

¿Qué te ha pasado?, pregunté.

Nada, hijo, ¿qué me va a pasar? Es que también tú… Me has pillado a medias. ¿A quién se le ocurre venir a estas horas?

¿Pero por qué gritabas tanto?

Las curas, para que salgan bien, hay que prepararlas así, no hay otra forma, y además no molesto a nadie. Eusebio, que en paz descanse, murió hace dos años, y era el único vecino que había en la calle, pero casi mejor así, porque antes me tocaba gritar en voz baja y por culpa de eso las curas no salían bien la mitad de las veces.

Tía Justi apuntó con el pulgar hacia abajo. Algunas veces las curas no funcionaban, y al contárselo a abuela ponía el dedo así también. Las tardes que pasaba eso se quedaba amonada en la silla y no hablaba mucho.

¿Qué haces ahí en la puerta? Siéntate aquí conmigo, que no muerdo.

Voy, voy.

¿Quieres unas galletas y un vasico de leche?

Me senté, pero se me olvidó contestar a la pregunta, y no apoyé mucho el culo en la silla, porque seguía con el susto en el cuerpo y a lo mejor me tocaba echar a correr. Ahora Tía Justi parecía la Tía Justi de siempre, pero dos minutos antes la había visto despeluzada y dando voces como una loca.

¿No quieres nada, entonces? Tú tranquilo, hombre, anda que no habrá visto tu abuela esto veces, pregúntale luego. Da un poco de impresión la primera vez, luego ya nada. No te he podido decir hola antes por eso, porque ya había empezado a preparar la cura, y una vez empiezas, si dejas de echar el conjuro antes de acabar, es como no hacer nada.

¿Y qué hay en la olla?

Asómate, si quieres, aunque da un olor un poco fuerte. Es una medicina de garbanzos machacados y ajos con miel y pólvora negra, que es lo que le da ese color. Eso y alguna cosa más. Es lo que se usa para curar los culebrones, que últimamente viene mucha gente de Valdezarza con unos ronchones así de grandes.

¿Y los que cogen el culebrón se tienen que tragar esto para curarse?, pregunté.

Nada más pensarlo, casi me da una arcada. Tía Justi se rio y yo me reí también, porque cuando se reía mucho, al coger aire, hacía el mismo ruido que una mula. Además, los dientes se le acababan en la primera muela, y eso también me hacía gracia.

No, hijo, ¿cómo se van a tragar esto? Te voy a contar

y estáte atento, por si el día de mañana te toca a ti ser el curandero de Vallesordo, que no quita, porque detrás de mí no viene nadie. Cuando llega una señora con el culebrón, lo primero es darle unas refriegas con agua oxigenada. Luego, la mandas sentar, que esté tranquila, cuanto más tranquila mejor. Le pones una gasa encima, donde tenga las ronchas, y luego ya, con una brocha le esparces la cura. Mientras la esparces, tienes que decir en voz alta: corre que te pillo, corre que te agarro, corre que te piso la cabeza con el rabo. Dices eso muchas veces, sin parar, y después le pones otra gasa encima, y hala, a esperar semana o semana y media.

¿Y por qué le sale el culebrón a una persona?

¿Eso? Pues mira, cuando la culebra roza la ropa tendida y luego va alguien y se la pone sin haberle dado con la plancha, ya está el lío armado. Ahora, al final del verano, es cuando más hay, porque se abre la veda, se llena el bosque de cazadores y las culebras salen desperdigadas y se meten en el pueblo. Aquí no tanto, pero de Valdezarza ya me han venido tres esta semana.

Era divertido escuchar a Tía Justi hablando del culebrón, porque daba golpecitos de alegría en la mesa y le brillaban mucho los ojos al decir las cosas, pero yo no quería ser curandero ni invocar espíritus. Yo había ido a casa de Tía Justi a pedirle que me llevara al castin, no a aprender curas.

¿Y esta semana no vas a ir a Zamora a comprar polvos para las curas?

¿Esta semana? No creo, porque ya fui ayer y no te creas que me hace mucha gracia conducir. Me daba pena ver el coche ahí él solo y por eso me renové el sicotécnico, pero vamos...

Pero yo tengo el castin este viernes, y mi padre no me lleva y mi madre tampoco. Y tú me dijiste que si no me llevaban ellos me llevabas tú.

Bueno, hijo, ahora hablamos de eso, que me vienes a ver de guindas a brevas y enseguida que te abro la puerta ya me estás pidiendo esto y lo otro. Mira, ven conmigo que te enseñe los polluelos nuevos. No llegan a los cinco días.

El gallinero de Tía Justi era una antigua pocilga y el olor de los cerdos no se había ido del todo. Parecía que alguien había jugado una guerra de almohadas allí, porque había plumas en los sacos rosas, en los bebederos, encima de las alpacas y en el palitroque desde donde vigilaba el gallo, que era más grande que las gallinas y se movía como un chulito.

Tía Justi iba con una cesta de mimbre y se agachó para recoger los huevos. Yo la esperaba en la puerta, porque me daba miedo entrar y que las gallinas se compincharan y me picaran todas a la vez.

Cago en la mar serena, dijo, estos están agujereados todos por culpa de los ratones, la madre que los parió.

Me contó que los ratones le comían los huevos y que no podía echarles veneno, porque una vez se lo puso, lo tragaron las gallinas y se murieron la mitad. Pensé que lo de los ratones seguro que era por los conjuros y la magia negra, pero no le dije nada.

Mira, Nico, estos son los polluelos. Se tiran todo el día así, acurrucados, y si acaso salen al corral a buscar a la madre cuando tarda en venir. Lo que más me gusta a mí de las gallinas es esto, ver cómo crecen.

Se agachó y cogió un polluelo. Los otros, que estaban dormidos, al notar la mano de Tía Justi, salieron corriendo y se metieron detrás de una alpaca. Tía Justi me pidió que fuera donde ella y yo le hice caso, pero le dije que me mirase mientras me acercaba, porque no me fiaba de las gallinas. También huelen el miedo, como los perros, y por eso iba pensando, sois cariñosas, sois cariñosas, me caéis bien.

Al polluelo se le veía la piel por debajo de las plumas y parecía que estaba enfermo, porque abría y cerraba los ojos muy despacio. Me asusté cuando Tía Justi me lo puso en la mano, porque tenía el cuello tan fino que parecía que iba a romperse. Se le hinchaba la tripa cada vez que respiraba. Me quedé así, con el polluelo cogido, hasta que Tía Justi acabó de recoger todos los huevos que había. No podía aflojar las manos, por si el polluelo se caía desde tanta altura, ni tampoco podía apretar, porque a lo mejor lo asfixiaba.

Déjalo ahí, Nico, donde estaba antes, y ya verás como enseguida se va con los otros. Cuando los coges, se amonan con el calor, y si aguantas un poco así, hasta se duermen, pero en cuanto los sueltas, corren que se las pelan.

Tía Justi tenía razón. En cuanto lo dejé en el suelo, se fue corriendo detrás de la alpaca con sus hermanos.

Salimos al corral, que tenía las paredes blancas, no como las de mi corral, que son de cemento. Tía Justi decía que eso era cal, no pintura, y que le gustaba así porque hacía bonito. La pared del fondo estaba llena de macetas. Pensé si habría ordenado las flores por tamaño o por el color o por la forma de las hojas, pero nada, vi que estaban puestas al tuntún.

Había una gallina subida a la mesa, debajo de la higuera. Era una mesa de piedra, muy vieja, con marcas de musgo y cristalitos que brillaban. La gallina era negra, con el pico muy rojo, y estaba sentada tomando el sol. Tenía buenas plumas, no como las que había visto dentro, que algunas estaban medio calvas. Tía Justi se acercó a la gallina y le dio una torta.

Oye, bonita, le dijo. Que están ahí los hijos tuyos medio abandonados, queriendo que los vayas a ver, y tú aquí de vacaciones. ¡Haz el favor de entrar ahora mismo con ellos! ¡Ya!

La gallina dio un salto y soltó un montón de plumas. Cuando la madre entró en la pocilga, Tía Justi me miró y me sacó la lengua. Me habló en voz baja, tapándose la boca, como si la gallina pudiera escucharnos.

Nos llevamos bien, Nico, no creas que no. Lo único que lleva dos días un poco holgazana y no puede ser. Me toca enfadarme con ella de vez en cuando.

Se quitó el mandil, que ahora estaba más sucio que antes, porque el polvo de la pocilga se había pegado a las manchas negras, y lo dejó colgado en una punta que había en la pared. No se preocupó de sacar mis flores del bolsillo.

Voy a la cocina, dijo, que ya han pasado veinte minutos y tengo que cerrar la perola, que si no se disipa y me toca echarle otra vez lo negro y remover y volver con la oración.

Me senté en una silla de tela, debajo de la higuera, y vi que las raíces del árbol, en la parte que había entre la mesa y el huerto, habían roto el cemento y sobresalían. Parecían venas hinchadas a punto de explotar, como cuando mi padre subía los sacos de trigo a la furgoneta y se le ponían los brazos duros.

Se oían los pájaros, que jugaban unos con otros en lo

alto de la higuera, y el quilínquilín de un molinillo que había al fondo del huerto y que se movía despacio. Aunque Tía Justi vivía donde las calles cementadas y yo en los caminos, había más silencio en su corral, porque no pasaban tractores cada poco.

Hala, hijo, ven conmigo que te enseñe el huerto, que tendrás que poner tú uno cuando seas mayor. Antes, en el corral vuestro, donde está ahora el cerezo, había un trocico de tierra. Se nacían muy bien los pimientos allí, pero le echó hormigón tu abuela, al morir tu abuelo, y sanseacabó.

Pensé que Tía Justi era una trapacerona, porque le había preguntado si me llevaba al castin y ella seguía sin decirme nada de eso. A lo mejor quería entretenerme con esto y con lo otro, y luego me diría que no le apetecía conducir y hala, a hacer autoestop.

¿Y lo del castin al final?, pregunté.

No se puede decir que no seas nieto de tu abuela, contestó. Todo tiene que ser enseguida, pedido y servido, ya de ya. Ahora hablamos de eso, hombre, tú tranquilo. Mira qué tomates. Estos no necesitan herbicidas. Lo único agua, eso sí, que chupan cinco litros al día.

Había tomates verdes y otros, ya maduros, que eran rosas y muy grandes. Pesaban tanto que Tía Justi había atado las plantas a unos palos de hierro para que no se cayeran. Los tomates se quedaban colgando, como las uvas, y antes de verlos esa vez yo creía que nacían igual que las patatas, debajo de la tierra.

Había mosquitos escondidos por entre las hojas, y al retirarlas, salían volando.

Tía Justi arrancó un tomate y le dio un mordisco, sin lavarlo ni nada. Después de tragar, se besó los dedos y puso ojos de comida rica. Me acercó el tomate a la cara, pero a mí los tomates no me gustan y, además, soy escrupuloso. Aunque eché la cabeza hacia atrás, ella siguió erre que erre, y me pegó el tomate a los labios. La vi con ojos de alegría, y al final me tocó darle un mordisco, pero eso sí, lo cogí yo con la mano y mordí en la parte donde no había mordido ella.

Más allá de los tomates, estaban las lechugas colocadas en una hilera. A algunas les habían crecido más las hojas por el centro que por los lados. Tía Justi me explicó que eso era porque se habían salido. Esas amargaban al comerlas, así que las picaría y se las echaría a las gallinas. Arrancó una de las otras, de las buenas, y le cortó la raíz con una navaja.

Ten, Nico, sujeta la lechuga, que voy a apañar unos pocos de fréjoles verdes, que se están poniendo como piedras y luego no hay quien los coma.

Cuando se agachaba, Tía Justi no parecía una vieja. Si llega a ir al cole, a la clase de gimnasia, habría sacado un nueve en la prueba de elasticidad. Al arrancar los fréjoles de la planta, salía un olor húmedo y yerboso, y era así como olía Tía Justi de lunes a sábado, cuando no iba a misa.

Una mariposa blanca se le posó en un dedo. Y ella se quedó mirándola de cuclillas, con los ojos un poco bizcos. Luego la mariposa echó a volar y Tía Justi siguió apañando fréjoles.

Después, seguimos el caminillo del huerto y llegamos hasta el final, donde había puerros y cebollas. Las hojas eran parecidas, unas finicas y otras más cuadradas, y un poco más allá, pegando a la puerta, estaba el coche tapado con una sábana, debajo del cobertizo de madera. El corral de Tía Justi era más grande que el mío y tenía dos puertas, una pequeña, detrás de la higuera, y otra azul, de garaje, y por ahí entraba y salía el coche.

¿Y por qué le pones una sábana? ¿Es para que no se manche?

La sábana era blanca y no estaba vieja ni tenía agujeros. Era una sábana normal y corriente. La toqué, porque a mí me gusta tocar las cosas, y Tía Justi enseguida me miró. Pero no eran ojos de echar la bronca.

Sí, dijo, por eso se la pongo. Tu Tío Leandrín se la ponía todos los días. Lo primero que hacía nada más aparcar. Era una manía suya. No me preguntes dónde cogería esa manía, porque no lo sé. Se la ponía y luego, por las mañanas, antes de bajar al bar, se la quitaba. La dejaba bien dobladica ahí, encima de la mesa. Alguna vez discutimos, porque a mí me parecía una jodienda andar lavando y colgando sábanas día sí y día también. Ni que fuera el coche la cama de un marqués... pero bueno, a veces es mejor callarse, porque tanto reñir entonces, y mira ahora.

Tío Leandrín era el marido de Tía Justi y se mató después de nacer yo, pero no tengo recuerdos suyos, porque se tiró del campanario cuando yo tenía un año y medio. No iba ni al cole todavía. Si abuela y Tía Justi estaban hablando de él en el corral y yo me acercaba, se ponían a hablar de otro tema, pero de alguna cosa me enteraba siempre. Sé que Tía Justi discutió con el cura, que no era Don Esteban, era el que estaba antes, porque él decía que no se podía enterrar a Tío Leandrín en el cementerio y ella decía que sí y al final Tía Justi se salió con la suya, pero tuvo que venir un cura de otro pueblo a dar la misa. Y también sé que abuela entró en la ermita aquella vez.

No disfrutó mucho de él, dijo. Llevaba poco más de un año jubilado. Y mira que le hacía ilusión el escarabajo. Anduvo en busca de uno así yo no sé cuánto tiempo. No podía ser otro coche, tenía que ser el escarabajo, porque se acordaba de ir con su tío a Salamanca, cuando de niño, en uno como este. Lo encontró, lo acondicionó bien y al año siguiente, yo no sé por qué...

Tía Justi miraba el coche con los ojos quietos. Los pájaros ya no se oían, solo se oía el quilínquilín del molinillo. El aire, que seguía sin soplar mucho, movía un poco la sábana.

Yo creo que eso venía de más atrás, dijo. Pero claro, él siempre para dentro, para dentro. Era igual que su padre, no soltaba prenda, y así claro, cualquiera lo consolaba... Podías estar una tarde entera preguntándole si estaba pachucho por una cosa o por la otra, que no te decía ni mu. De haberlo sabido...

Dibujaba algo en la sábana con el dedo, pero no sé qué, porque dejó de dibujar cuando me acerqué a ella. La mariposa blanca volvió ahora y se posó encima del coche. Tía Justi le dio un soplido.

Bueno, venga, dijo, que eres un niño todavía y te estoy contando todas estas cosas. También yo... ¿a quién se le ocurre? Será porque la semana que viene es el cabo de año, y siempre me acuerdo más en estas fechas. Es por eso.

Me dieron ganas de abrazarla, pero no podía, porque tenía una lechuga en una mano y un tomate en la otra, así que volví a la mesa y dejé las verduras encima. Tía Justi tardó en llegar donde yo, porque ahora caminaba más despacio, con pasos más cortos, y parecía una vieja de verdad, no como antes.

Cuando se sentó, le puse una mano en la espalda y ella se encogió como si la mano le diera un susto.

Entonces, Tía Justi, ¿me llevas tú al castin? Que faltan ya solo tres días y no tengo nadie que me lleve.

Tía Justi se rio un poco y yo esta vez no me reí nada porque tenía nervios. Me entraron ganas de morderme los pellejos de las uñas, pero aguanté, porque si la gente te ve nervioso se da cuenta y es peor.

Menudo granuja estás hecho. Pues claro, hombre, yo te llevo, tú tranquilo.

Íbamos los cuatro en el coche, Tía Justi conduciendo, yo de copiloto y Telma sentada atrás con Izan. Los padres casi no dejan venir a mis amigos, pero abuela los llamó y les dijo que Tía Justi nunca había tenido un accidente y que conducía con mucho cuidado. Y era verdad, porque iba con las dos manos en el volante y solo miraba a la carretera, no miraba a otro sitio.

El escarabajo era un coche viejo, pero no se veía polvo en las alfombrillas ni en los asientos, ni había papeles arrugados en las guanteras. Y tampoco había cristalazos en la luna, que estaba limpia limpia. Lo malo es que no tenía para escuchar canciones, porque el sitio de la radio era un hueco vacío donde Tía Justi guardaba el monedero. Y si querías un poco de fresco, como yo ese día, te tocaba abrir la ventana porque el aire acondicionado no existía cuando fabricaron el coche.

Miré a Izan y a Telma y vi que estaban con el móvil, cada uno a lo suyo. Telma iba con una diadema amarilla y con las uñas pintadas también de amarillo, y aunque se duchaba solo los sábados, igual que yo, ese día era viernes y salió con el pelo mojado cuando la pasamos a buscar. Izan llevaba una camisa que le habían comprado para la comunión de un primo suyo y el flequillo peinado así, hacia arriba.

Ellos estaban más tranquilos que yo, porque eran las nueve y cuarenta y faltaban veinte minutos para el castin de Fama Kids. Iban tan panchos, como si nada, como si dentro de poco no fuera a bailar delante de Rafa Méndez. Izan tenía cara de concentración y eso quería decir que estaba chateando con alguien, intentando venderle los tapones robados. Telma iba dibujando en el móvil alguna cosa.

Revisé otra vez a ver si llevaba todo en la mochila.

En el bolso pequeño estaban la vaselina y el ventolín. Me había dado un chute antes de subir al coche, delante de abuela. En el bolso grande, llevaba dos latas de Coca Cola, y otras dos de repuesto, y una camiseta negra, porque la ropa de colores es cuando eres bailarín profesional. En los castins es mejor ir de negro. Repasé la coreo en mi cabeza, el paso del zigzag con el cuello, que iba justo antes del estribillo, y me entraron los nervios, que cuando vienen ya no se van hasta dentro de un rato y da igual lo que hagas.

Me até los cordones, que se habían aflojado, y me puse recto en el asiento. Intenté quedarme quieto, así, respirando despacio y mirando por la ventana, pero las nubes se movían muy rápido, como si tuvieran prisa por llegar a algún sitio. Y al fondo, más allá de las encinas, estaban los molinos de viento, y las aspas iban a toda mecha y se oía el fiumfiumfium, y parecía que iban a descuajeringarse.

Cuando empiece el estribillo, pensé, va primero el golpe de cadera, luego los dos taconazos, bumbum, y después el salto. ¿Y si me equivoco, me dejarán empezar otra vez?

Oye, dijo Tía Justi, no te muerdas las uñas que al final te haces sangre. Qué manía. Hay gente que de tanto morderlas se le quedan los dedos torcidos. Tú tranquilo, que lo vas a hacer bien. Vamos, lo tengo más claro yo...

Al ponerme nervioso, me pasaba eso, que me mordía las uñas sin darme cuenta, y no paraba hasta que me arrancaba el pellejo.

Eso, dijo Izan, seguro que te cogen, con todo lo que sabes y con todas las veces que has ensayado... Es imposible que no te cojan.

No digas eso, contestó Telma, porque imposible no es. A los concursos de la tele va gente muy buena, y a lo mejor lo cogen o a lo mejor no. Hay que tener suerte también. Lo importante es que te salga bien, que no te confundas, y si te confundes pues vuelves el año que viene y lo haces mejor.

Oí un manotazo.

Me giré para ver qué había pasado y vi la marca de la mano de Izan en la pierna de Telma y me dio miedo la colleja que le iba a dar, porque las collejas de Telma son de las que pican. Tía Justi seguía conduciendo, con la cabeza pegada al volante y los ojos achinados.

Eres una tonta, dijo Izan. Para eso te quedas en casa y no vienes aquí a desanimar a la gente. ¿A ti te gustaría jugar un partido de fútbol y que los fans te griten que vas a perder? ¿A qué no? Pues entonces, para decir eso, mejor no digas nada.

Pide perdón, contestó Telma.

Eso, pide perdón, dije yo.

Izan se había puesto rojo y Telma tenía ya la mano levantada, y mi amigo se tapó la nuca con el cuello de la camisa, pero eso a mi amiga le daba igual, y le volvió a decir que pidiera perdón, y que iba a contar hasta tres. Me daba miedo que Tía Justi se asustara con la colleja y diera un volantazo y nos chocáramos contra las barreras de metal y diéramos una vuelta de campana y se nos partieran todos los huesos del cuerpo.

Perdón, dijo Izan. No quería darte tan fuerte.

Telma aprovechó que tenía la mano ya en alto y le pegó, pero suave, no sonó mucho, solo para dejar claro que no la volviera a insultar. Después volvieron a coger los móviles y se quedaron callados, cada uno a lo suyo, y yo seguí repasando los pasos de la coreo, pensando en el momento de estar de pie delante de Rafa Méndez, cuando Keit Rayan empieza a cantar lo de nalleeeedanleeesaaatru.

Al llegar a Zamora, estuvimos un rato buscando un hueco libre, pero no había, estaba todo lleno, y nos tocó dejar el coche aparcado en doble fila porque solo faltaban cinco minutos para las diez. Aparcamos en una plazoleta donde hay una estatua de Viriato y muchos árboles sin hojas y bancos de piedra vacíos. El teatro Ramos Carrión está al lado de la plazoleta y, cuando lo vi, no lo recordaba tan bonito, tan azul.

Nada más entrar, vimos un montón de niñas, casi todas más mayores que yo, que hacían cola en la taquilla donde se repartían los números. La sala era muy grande y toda blanca, sin alfombras y sin cuadros ni cosas colgadas en las paredes. Solo había dos puertas negras, a los lados de la taquilla, con una cinta roja delante.

Olía a limpio, porque una señora muy delgadita, que nos miraba y no dejaba de sonreír, estaba pasando la fregona. La señora fumaba muchos cigarros yo creo, y por eso tenía los dientes con manchas como mi madre. Cuando ya estábamos cerca de la taquilla, vi un cartel que ponía Fama Kids Primera Edición Castin, y grité, pero fue un grito para dentro.

Todo eran chicas, menos el que iba delante de mí, que también era chico. Me sacaba una cabeza y tenía el pelo rizado, y la madre era una rubia cachas que lo llevaba agarrado por el hombro, y que cada poco le daba un abrazo y le decía cosas al oído. Miré a Tía Justi, que iba a mi derecha, en silencio, y la vi dando vueltecitas a las piedras azules del collar. Aunque no era domingo, llevaba el collar ese, y se había puesto la ropa de misa y los ojos con un poco de maquillaje.

Cuando llegó mi turno, la señora de la taquilla me preguntó:

¿Nombre?

Nicolás Pérez Rincón, dije.

¿De dónde vienes?

Vallesordo.

¿Código postal?

Cuarenta y nueve, ciento noventa y cuatro.

La señora de gafas tenía mala pinta, porque le daba a las teclas del ordenador con mucha fuerza y, además, no te miraba al hablar, miraba a la pantalla. La taquilla no era con cristales, como cuando vas a comprar la lotería, era una taquilla normal y corriente, con una mesa negra y nada más. La señora tenía el pelo mofoso y pensé que a lo mejor se lo habían teñido mal, y seguro que estaba enfadada y aporreaba el teclado por eso.

Se necesita autorización, dijo. Son dos papeles. Uno para participar en el castin, por si te caes o te pasa algo. El otro para grabarte. El primero es obligatorio. El segundo no. ¿Dónde está tu madre?

Había una pila de folios en la mesa y la señora cogió uno y me lo dio, pero yo no lo cogí. No me salía moverme. Estaba quieto, así.

Al ver que no contestaba a la pregunta, levantó los ojos del ordenador y me miró por encima de las gafas con cara de flipiflipi. Yo quería inventarme algo, cualquier cosa, pero con los nervios tenía el cerebro apagado, y no fui capaz de decir nada.

Venga, hijo, no te lo pienses que lo vas a hacer muy bien, dijo Tía Justi.

Dio un paso adelante y cogió el papel. Me puse más nervioso todavía y noté un ojo que me parpadeaba él solo, porque no es fácil creer que alguien con tantas arrugas en el cuello sea mi madre. Miró a la señora de gafas y le dijo:

Es que hasta hace un momento no sabía si participar o no, y por eso dudaba el pobrecico mío. Pero ya se lo he dicho yo, digo, cariño, ya que hemos venido hasta aquí, participa, que por participar no pierdes nada. Digo, si no te cogen este año, ya te cogerán el que viene.

Tía Justi sacó un boli del bolso y le echó el aliento por si no escribía bien. Yo sabía que tenía mucho morro, porque la había visto regatear a los moros en la romería de Portugal, pero no pensé que tanto. La señora de gafas se metió un chicle en la boca y se le marcaron los músculos de la cara en el primer mordisco. Mientras Tía Justi leía, ella se miraba las uñas y hacía toctoctoc con el tacón por debajo de la mesa.

Ahí tienes, dijo. El segundo no lo he firmado, porque no quiero que haya ningún vídeo de mi hijo en internet. El primero sí.

La señora cogió el papel y bufó por la nariz. La niña que iba detrás de mí, que también era pelirroja, no paraba de cuchichear con su madre. Mis amigos estaban callados, igual que yo.

¿Pero y tú eres la madre de la criatura?, preguntó la señora.

Otra igual, contestó Tía Justi. La segunda vez que me pasa hoy. ¿Tan vieja parezco? Ten, anda, ten la autorización y mejor no me digas nada, que ya sé lo que me vas a decir.

Tía Justi le puso el capuchón al boli, lo guardó en el bolso y cerró la cremallera con mala leche. Yo estaba de pie, sin mover ni un pelo de la cabeza, porque pensaba que si hacía cualquier gesto seguro que la gafotas se daba cuenta y llamaba a la policía. La señora le dio el número veintiuno a Tía Justi medio gruñendo, diciendo algo para el cuello de la camisa. Tía Justi me pegó el número delante de ella, y dijo:

Venga, hijo, a ensayar el baile, que en menos de lo que canta un gallo te llaman y te toca entrar.

Nos retiramos de la cola y yo veía chiribitas por todos lados, como cuando te das un golpe en la cabeza, te mareas y al abrir los ojos parece que hay brillantitos en el aire. Telma me agarró de un brazo y me dijo algo en el oído que no entendí, aunque me reí un poco, porque ella también se rio.

Para la próxima vez, dijo Tía Justi, tienes que andar más espabilado y saltar enseguida, antes de que nadie diga nada. Bueno, ahora que ya tienes el número, voy a aparcar bien el coche, que una multa ahora... lo que me hacía falta. En cinco minutos estoy aquí. Lo que tarde en ir, encontrar sitio, y volver.

Al salir a la calle, vimos a las chicas de antes ensayando las coreos, cada una a lo suyo, como si nadie las viera, y a mí eso me dio agobio porque no quería ponerme a bailar Dechanchanté ahí, en mitad de la calle, con tanta gente pasando. El chico de los rizos, el alto, se había puesto unos leggins, y hacía el espagar como los que llevan bailando muchos años. Se veía que era muy flexible.

Izan y Telma estaban empanados mirando a una chica del moño que bailaba lírico y era buena, porque se doblaba hacia atrás como si fuera de chicle y no ponía cara de esfuerzo, y aunque estaba colorada y las piernas le temblaban un poco, ella sonreía. Las madres estaban todas juntas en una esquina, hablando y señalando a sus hijas y riéndose por lo bajo. La rubia cachas apuntaba al hijo con el dedo cada poco. Llamé a Izan y a Telma y les dije que no mirasen a los otros bailarines con cara de alucinar, porque eso me daba más nervios, y que se sentaran conmigo.

¿Y tú por qué no ensayas?, preguntó Izan. En el boxeo, antes de subirse al rin, los boxeadores estiran los brazos, se crujen el cuello, hacen flexiones, le dan puñetazos al aire. Si entras al castin sin ensayar... no es buena idea.

Es que me duele la barriga, contesté.

Y era verdad, no me dolía mucho, pero me dolía, porque aunque hacía calor, estábamos en la sombra, y el aire que venía me daba en las piernas y me subía el frío hasta la tripa.

Bah, dijo Izan, eso no es nada. En cuanto te subas al escenario, se te quita todo, ya verás.

Otras veces me molestaba cuando Izan me decía eso, no es nada, no es nada, pero esta vez me gustó, porque no lo dijo con voz de hacerme rabiar, lo dijo con voz de animarme.

Después, sacaron los móviles y a mí me dio rabia no tener uno, porque no sabía dónde mirar. Miré un poco sus móviles, pero era aburrido, porque Telma tardaba mil años en dibujar el fuego de un cohete y mi amigo abría y cerraba los chats cada tres segundos y a mí casi no me daba tiempo a leer. Al final, acabé mirando a dos gemelas que ensayaban una coreo de fanqui y me entró el agobio, porque caminaban hacia delante con mucho estilo, diciendo no, no con el dedo, y haciendo zizgzag con la cadera como las bailarinas profesionales.

Me dio un retortijón.

Había mucho ruido allí, y eso era por culpa del señor que vendía lotería y que pasaba por la calle dando voces, y por culpa de los tropecientos pájaros que había en el árbol y que no dejaban de volar por todo alrededor y piaban como locos y sobre todo por culpa de las madres, que se reían jojojo y eran como un corral entero de gallinas cacareando.

Me dio otro retortijón, esta vez más fuerte, y dejé la mochila en el suelo y fui corriendo al baño, pero no sabía dónde estaba, y le pregunté a la señora de gafas y me contestó, sin mirar quién le preguntaba, que en las esquinas, donde las palmeras.

Miré a la derecha y vi que había tres chicas en la cola, así que fui al otro lado.

Me senté en el váter y estuve un buen rato así, haciendo fuerza, aunque no salía nada. Respiraba despacio para no mover mucho la tripa y que no me dieran los calambres, porque cuando me dan, es como si alguien te pellizca por dentro del ombligo y ufff. No sabía por qué me pasaba eso, si no había desayunado leche de la mala, solo un yogur y unas galletas.

Intentaba coger aire de poco en poco, pero tampoco podía estar mucho rato así, porque desde el día del ataque de asma me daba miedo estar muchos segundos sin respirar, por si después intentaba coger aire y los pulmones no se llenaban del todo. Me tapé los ojos con las dos manos y apreté los ojos para dentro, solo quería esfumarme de allí y no volver a aparecer nunca más.

Nico, ¿estás bien? Nos hemos asustado Izan y yo, como te has ido de repente, sin avisar ni nada...

En cuanto escuché a mi amiga, me levanté corriendo y puse el tranco, que era de ruleta y no de pestillo como el de mi casa. Intenté verlos por la rendija, pero no se veía nada.

Me ha dado dolor de estómago, contesté. Os tenéis que ir y dejarme solo un rato, porque si no, no me va a salir.

Se oía a Izan cuchicheando por lo bajo. Iba a decir algo, pero no oí bien, porque Telma le tapó la boca. Volvieron a cuchichear un poco y Telma dijo:

Vale. Te esperamos fuera. No tardes mucho.

Volví a sentarme en el váter, a ver si esta vez sí me salía, y estuve contando números un buen rato, contaba uno, dos, tres... hasta veinte y luego otra vez uno, dos, tres, pero no era capaz. Estuve mucho rato así, encogido, notando la respiración en el estómago, con los ojos cerrados, hasta que algo se me movió por dentro, como una carpa saltando en una red, y pude echarlo todo.

Al acabar, parecía que había estado bailando dos horas seguidas, porque me sudaban hasta las cejas.

Se oyó la puerta de fuera otra vez.

¿Avisamos a alguien, Nico?, preguntó Telma. No pasa nada si estás malo y no puedes participar. Le hemos preguntado a la gafotas de antes y dice que la semana que viene hay castin en Salamanca. Se lo puedo decir a mi madre y que nos lleve.

No, no, contesté, ya estoy bien. Salgo en un minuto. ¿Y Tía Justi ha venido ya?

No. Será que ha ido a comprar algo, se ha encontrado con alguien de Vallesordo y estarán charlando. Vendrá ahora.

¿Por qué número van?, pregunté.

Por el quince, pero van rápido, eh. Cada prueba dura cinco minutos, que también nos lo ha dicho la gafotas, no es tan mala como parece. Y hemos visto que a la chica que daba vueltas con la cabeza no la han cogido y ha salido llorando.

Macha, dijo Izan. ¿Para qué le cuentas eso?

Otra vez se pusieron a discutir y a darse manotazos. Intentaban discutir en voz baja, pero no eran capaces, y eran como mis padres cuando dormían juntos y los espiaba por la rendija, y movían mucho los brazos y se enfadaban sin gritar, pero cada poco se oía ¡joder!, ¡la Virgen Santa!, ¡y una mierda!

Les pedí que se fueran otra vez y que me esperasen en la calle, porque quería estar así, yo solo en el baño tan a gusto, sin dolor de tripa. Además, allí dentro no había el ruido de la calle, se oía solo el glupglup de la gota del grifo y el frsssss del aire, que se apagaba y se volvía a encender nada más moverme un poco. Me relajaba eso. Ensayé sin moverme del sitio, tumbado boca arriba, y mi mano era un bailarín y mi pecho el escenario. Repasé la coreo así, tarareando Dechanchanté, aunque sabía que delante del jurado no podía tararearla, porque cantar durante la coreo es de malos bailarines. No se canta.

Cuando salí a la calle, vi a Izan y a Telma en el banco de antes, jugando al móvil, y me senté con ellos. Telma me puso una mano en la rodilla y me dijo que no me preocupase, que seguro que bailaba bien, y que iban ya por el número diecinueve. Faltaban solo dos por delante de mí, así que me quité la camiseta, que tenía mucho sudor, y me puse la camisa negra, que daba más calor que la otra y picaba en el cuello, pero es así cuando quieres hacer bien el castin. Tomé dos flusflus de ventolín, y aunque les decía que ya no tenía nervios, era mentira, porque me temblaba la mamola igual que cuando sales del río y se ha tapado el sol.

Me dio impresión el escenario, porque era negro y brillante, y cinco veces más grande que el salón de mi casa. Había un círculo de luz en el centro. Según iba caminando hacia el círculo, se oían las toses del jurado y mis zapatillas, que hacían ñikiñikiñiki. Intentaba pisar con más cuidado y andaba casi de puntillas, pero las zapatillas seguían ñikiñikiñiki.

Buenos días, dijo Rafa Méndez. ¿Nico o Nicolás?

Rafa parecía más viejo que en la tele. No llevaba coleta, llevaba el pelo suelto y despeluzado, como si acabara de levantarse de la siesta.

Nico, dije. O Nicolás, como tú prefieras.

No, como prefieras tú, que para eso es tu nombre.

Nico, entonces.

Izan y Telma estaban sentados en una fila de atrás. Al principio no los veía, porque los ojos no se me habían acostumbrado a la oscuridad, pero luego sí. No había nadie más en todo el teatro. Solo Rafa, su ayudante y mis amigos.

Bien, Nico, cuéntame, cuéntanos, qué vas a bailar hoy aquí. ¿Qué canción? ¿Qué estilo de baile? ¿Por qué? No tardes mucho en contestar, Nico, porque casi no tenemos tiempo. Ojalá lo tuviéramos.

Voy a bailar Dechanchanté, de Keit Rayan. Es una canción de fanqui.

Rafa le dio un trago a la botella de agua y acercó la oreja al ayudante, que quería decirle algo.

Ah, Nico, tiene razón Lolo, no digas Dechanchanté, porque es una canción francesa. Mejor di Desshansshanté la próxima vez, ¿sí? Adelante, cuando quieras.

¿Me puedo poner los tacones?

Claro.

Saqué las latas de Coca Cola y las dejé en el suelo. Rafa y Lolo seguían hablando entre ellos, pero yo no los entendía, solo oía bsbsbs mientras intentaba que el pie encajase bien en la lata. Eso es importante, porque si pisas mal y el talón se tuerce, estás fastidiado, porque se te clava la lata en el tobillo y la coreo es un desastre.

Estaba listo.

Keit Rayan cantó lo de Nalledanleeee saaatru y yo aguanté de espaldas al jurado, sin darme la vuelta, acariciando el aire con la mano, subiéndola en zigzag como una culebra hipnotizada, y después subí la otra y junté las dos en lo alto. Luego, antes de darme la vuelta, moví la cabeza en ondas como hacía Cleopatra.

Ahora la música aceleró, y enseguida me giré y al caminar hacia delante vi que el círculo de luz iba siguiéndome como a un bailarín famoso. Miré a Rafa, que tenía cara de seriedad, y me pasé la mano alrededor del cuello tres veces con mucha eneryi. Fui bajando poco a poco, y cuando estaba cerca del suelo, clavé las rodillas de repente y aguanté el golpetazo sin poner cara de dolor.

Ahora Keit Rayan cantó lo de Rianaaaadesooon eeeee rianebaaaa, y yo me levanté de un salto y dibujé en el aire una nube con las manos bien estiradas y llegó el estribillo, mi parte favorita, que es de chunda chunda con samba africana y con música de caribe tropical, y bumbumplac, taconazo, taconazo, cadera de serpiente y después hice el paso del molinillo, que es mover los brazos así, como si fueran las aspas de un molino de viento como cuando sopla mucho el aire con toda la velocidad que puedas.

Me faltaba un poco el aire, pero sonreía, porque el esfuerzo no se podía notar, y yo creo que no se notaba. El truco era pensar en el bumbumplac, solo en eso, y en nada más que eso.

Hice el último paso, que se llama la caja, y que es así, poniendo el pie derecho delante, y cruzando el pie izquierdo, y después paso, paso en el sitio sin moverte, y luego ya vuelta a empezar. Es un paso de batuka, que es otro tipo de baile, pero si lo haces moviendo el cuello y haciendo bumbumplac vale también para fanqui.

Acabé la coreo y todo se quedó en silencio, no se oía nada, y yo estaba de rodillas en el suelo, mirando hacia abajo, con ganas de salir corriendo y de llorar y de gritar de alegría por la calle todo junto a la vez.

No quería levantar la cabeza, no quería ver la cara de Rafa. No me levanté hasta que oí los aplausos de Izan y Telma, que al principio aplaudían despacio, como con vergüenza, pero luego aplaudieron fuerte y hasta me dieron silbidos de los buenos. Además, como el teatro estaba vacío, los aplausos retumbaban y se oían muy alto.

Al ponerme de pie, vi a Rafa, que levantó una ceja, y yo no sabía si eso quería decir bien o genial o mal o muy mal o ameeeisin o qué. Mientras Rafa hablaba con el ayudante, que tenía cara de haberle gustado mi coreo, me quité las latas de Coca Cola, y al quitármelas, noté que me dolían mucho los pies por haber bailado con tanta explosión.

Había pasado una semana y media desde el castin y esa tarde, después de la siesta, abuela se fue a casa de Tía Justi, y yo quería ir con ella, porque Rafa Méndez dijo que me llamarían en unos días, y Tía Justi había apuntado su número en la autorización, pero abuela no me dejó acompañarla. Me dijo que me quedara en casa, y que estuviera pendiente del cielo, porque estaba nublado, y a lo mejor llovía y me tocaba recoger la ropa. Y también me mandó hacerle compañía a mi madre, que estaba en el escaño sentada conmigo, viendo el programa de los españoles que viven en el extranjero y que sonríen mucho cuando hablan.

Nico, tráeme el cenicero, haz el favor.

Mi madre seguía pachucha de los nervios, no dormía bien, y por las noches salía al corral a fumar con La Yesi, aunque ahora ya estaba un poco mejor. Al principio, después de dejar la residencia, estuvo mal mal, porque no comía, solo algo de arroz si abuela se lo llevaba a la cama, y cuando se le acabaron los cigarros, no me mandó bajar a donde La Rumana a por otro paquete, y estuvo sin fumar tres días seguidos. Ahora ya fumaba un cigarro cada poco, y comía bien, sobre todo cuando había pollo con patatas a la importancia, su plato favorito. Y, además, cuando abuela le preguntaba por la residencia, ella no se quedaba callada jugando al Candicras como los primeros días. Ahora contestaba que después del verano iba a buscar otro trabajo en Zamora o en algún pueblo cerca.

¿Me oyes, Nico? El cenicero. Que me lo traigas.

Me levanté a por el cenicero, que siempre lo dejaba ella encima del microondas, y nada más dárselo sacó el mechero de la bata. Hacía calor, pero ella decía que tenía frío en los brazos, y llevaba la bata azul, que era finica y se la había regalado mi tía de Salamanca. En la cocina no se podía fumar, y abuela la reñía si se enteraba, pero como ahora estaba así de los nervios, cuando abuela le preguntaba ¿has fumado dentro?, mi madre decía, no, no, y aunque el olor se notaba, abuela decía ah, pues parecía que sí, y no la reñía ni le daba voces.

¿Ha dicho tu abuela a qué hora venía?

No, solo ha dicho que se iba a donde Tía Justi y que podíamos llamarla si pasaba cualquier cosa.

¿Y no ha dicho hora?

No.

Mi madre dio una calada larga y echó el humo con los ojos cerrados, así, y le estuvo saliendo humo de la boca diez segundos o más. Le temblaban los ojos a mi madre cuando los cerraba, no era capaz de dejarlos quietos, como si tuviera pesadillas o algo.

¿Y tú por qué no has ido con abuela, Nico? Si siempre vas.

Porque me apetecía quedarme aquí.

Eso me lo inventé, pero bueno, abuela siempre me decía tú di esto, tú di lo otro, y muchas veces las cosas que tenía que decir no eran verdad, y ahora ya sabía yo cuándo era mejor mentir.

¿Y eso? ¿Has reñido con Tía Justi?

No, ¿por qué iba a reñir con ella?

Ah, no sé, porque como las otras tardes siempre ibas y hoy no... Aléjate, Nico, que no es bueno que andes aquí respirando el humo tan cerca. Levanta del escaño mejor y te pones en la silla tuya.

Me dio dos toquecitos en el hombro para que me quitara, pero yo no quería levantarme, estaba a gusto sentado ahí, así que me puse en la otra punta del escaño y me tapé la nariz con la camiseta.

¿Y ya está mejor Tía Justi? ¿O sigue igual?

Mi madre preguntaba eso por lo que pasó el día del castin, que Tía Justi, al ir a aparcar el coche, vio una pegatina en el suelo con el dibujito de la grúa. Y por eso no pudo ver mi coreo, y aunque luego la repetí en su corral no fue lo mismo. Estuvo contando lo de la grúa una semana entera, y cuando lo contaba y hablaba del dibujito, se llevaba la mano al pecho como si los policías le hubieran clavado la pegatina ahí. Tardó toda la mañana hasta que recuperó el escarabajo, y decía que a partir de ahora prefería ir y venir a Zamora en autobús, y que el coche no lo volvía a coger ya nunca. Menos mal que aquel día, cuando salimos del teatro, Telma llamó a su madre y nos fue a buscar ella.

Sí, dije, no habla tanto de eso ya, porque abuela enseguida se cansa y la llama disco rayado.

Buen disco rayado es ella, no te fastidia, y nunca se lo decimos.

A abuela yo no la pongo a caer de un burro por detrás como hace mi madre, solo a veces, pero casi nunca, así que no contesté a eso, y me aguanté las ganas de llamarla meticona.

Nos quedamos en silencio, y se oía el reloj, que si te fijabas bien, sonaba como un serrucho cortando un tablón de madera. Y se oía también la tele, donde ahora salía hablando un español que vivía en Indonesia o por ahí. Decía que tardaba más de quince horas en avión desde allí hasta España, porque no había vuelos directos, y que venía una vez al año a visitar a la familia. Ganaba dinero dando clases de surf, y su casa estaba al lado del mar, y tenía los ojos bonitos, azules.

Mamá, ¿tú has montado en avión alguna vez?

No.

¿Y papá?

Tampoco.

¿Y por qué?

Mi madre apagó el cigarro, aunque todavía le quedaba la mitad, y lo aplastó en el cenicero. Yo creo que eso era también porque seguía medio pachucha, porque antes no tiraba los cigarros hasta que faltaba muy poco para llegar a lo naranja.

Una vez casi montamos, dijo. Íbamos a ir a Tenerife después de la boda, pero a él le daba miedo y decía que tan lejos para qué. Al final, reservamos una semana en un hotel de Galicia, en Vigo, pero a los tres días nos aburrimos de tanto paseo y tanta playa, y al cuarto día estábamos aquí.

¿Y no te da curiosidad montar en avión?

¿Y a dónde voy a ir yo en avión a estas alturas? ¿A Indonesia, como el chico ese? Portugal, de países del extranjero, solo he estado en Portugal, y eso era cuando íbamos a la romería de La Luz con Tía Justi, que me gustaba a mí, lo pasábamos bien. Pero hace dos años, discutieron ella y tu padre, y se fastidió. Tu padre es así, hijo, para él los que se equivocan siempre son los demás.

El chico de la tele dijo que iba a hacer una demostración de surf, y salió de la cabaña de madera con el traje medio desabrochado, y se le marcaban los cuadraditos, sobre todo al reírse, y cuando se subió en la tabla, el pelo se le movía para atrás como un caballo. Pensé en dejarme el pelo largo por los hombros y surfear con él por el embalse, y tener músculos de cachas, y gritar de alegría al coger una ola grande, y aguantar sin caerme mucho rato, y al salir del agua, darnos un abrazo de los fuertes como cuando Izan marcaba un gol y me abrazaba así.

El surfero se despidió del señor de la cámara y guiñó un ojo como un chulito, pero era un chulito de los majos, así que seguro que le caería bien y nos haríamos amigos.

Mi madre, cada vez que echaba el humo, se miraba las uñas y se quedaba mirándolas un poco, sin pestañear y sin coger aire, pensando en algo, aunque nunca me decía en qué pensaba. Sonó el teléfono fijo, que sonaba muy alto, porque abuela estaba medio sorda y así podía oírlo bien. No hacía rinrinrin como los teléfonos normales, hacía lilililili lilili con un pitido fuerte.

¿Sí?, dije. ¿Quién es?

Se oían unos cuchicheos, pero nadie decía nada. Pensé que serían los que te quieren vender la termomix, porque les gusta llamar a la hora de la siesta.

Quita, coño, dijo la voz del teléfono, déjame que se lo diga yo. ¿Nico? Que soy Tía Justi, que estoy aquí con tu abuela, estamos aquí las dos, y nos acaban de llamar los del baile.

Tía Justi empezó a hablar, pero abuela la interrumpió,

y estuvieron así un rato, Tía Justi intentando decir algo y abuela quitándole el teléfono, y Tía Justi hablando otra vez y abuela llamándola trapacerona, y yo no me enteraba de si había pasado el castin o no. Mi madre me dijo que colgara, pero le contesté que no, que los del castin habían llamado.

Tía Justi, ¿he pasado a la siguiente fase?

Es la señora de gafas la que ha llamado. Preguntó si yo era la madre de Nicolás Pérez Rincón y le contesté que sí, que soy la madre, sin darme cuenta de que tu abuela estaba aquí conmigo. Y le ha parecido hasta mal, fíjate tú, qué tontería.

¿Y he pasado o no?

Se oía abuela de fondo diciendo déjame a mí, déjame a mí. Estaba subido a una silla con la mamola tiritando y ellas dos peleándose y sin decirme nada, y yo hacía fuerza para que no se me escapara el pis de los nervios, y ellas parecían de parvulitos y se peleaban como dos bobas.

Escúchame, Nico. Te lo voy a contar yo porque soy yo la que ha hablado con la señora. Anda tu abuela con el baile de sanvito, que no es capaz de estarse quieta un momento, y no me deja a mí ni hablar tranquila.

¿He pasado a la siguiente fase o no? Di.

Otra vez abuela le quitó el teléfono y empezó a hablar ella, pero no la entendía, porque empezaba una frase, se quedaba callada un segundo, volvía a empezar y así todo el rato. Con lo fácil que era decir sí o no. Solo eso. Sí o no.

Tiraron el teléfono al suelo y se oyó un golpe y después un ggggg como cuando el gualquitalqui se queda sin cobertura, y pensé en coger la bici y pedalear a toda mecha hasta donde Tía Justi, pero se quitó el ggggg y ahora las oía otra vez discutir.

¿Qué pasa?, pregunté.

¿Te puedes creer?, dijo Tía Justi. Tu abuela, que cuando le he ido a quitar el teléfono, me ha dado un torniscazo, me he caído para atrás y he tirado el botecito de la caléndula. A ver con qué curo yo las úlceras ahora, bueno, da lo mismo.

Se oía a abuela riéndose al fondo. Yo estaba mordiéndome las uñas y tirando con los dientes de los pellejos.

¿Os podéis estar quietas?, dije. Dímelo ya, Justi.

A ver, dijo, la señora de gafas ha preguntado que si podíamos llevarte a Valladolid, y le he dicho que vale, aunque sabes de sobra que el escarabajo ya no se mueve de aquí más. Tendrás que buscar a alguien que te lleve.

¿Eso es que sí he pasado de fase?

Sí, eso es que sí.

¿Y qué día es?

El quince de octubre, dentro de un mes escaso.

No parecía verdad eso, parecía mentira, y me miré los dedos de las manos un momento, y colgué el teléfono y me di un mordisco en el meñique apretando un poco, y me dolió, así que no, no era imaginación mía. Me entraron ganas de saltar al techo y hacer la vuelta pineta en el aire y salir corriendo y coger a La Yesi y lanzarla a lo alto y después levantar la tapa del pozo y meter la cabeza y gritar Deeeeechanchantéééé muchas veces con un grito largo y que hiciera eco y que el eco se escuchara en todos los pozos de Vallesordo.

Colgué el teléfono y fui a donde mi madre, que se puso de pie y me dio un abrazo, y no me apretó mucho porque ella es así, no da los abrazos con mucha fuerza, pero se veía que también estaba alegre, porque me pasó la mano por el pelo. Yo quería que me levantara el brazo de campeón como cuando Sergi ganó la final y Paula Vázquez hizo eso, pero mi madre, después de tocarme el pelo, volvió al escaño y yo me quedé con el brazo sin levantar.

Llamé a Telma, que no lo cogió, y a Izan, que sí lo cogió, y se puso a dar voces y a gritar igual que si él también hubiera pasado el castin, y me dijo que venía a buscarme a casa, y que así íbamos al bar y merendábamos un sangüich de huevo para celebrarlo. Le dije que vale, y que invitaba yo esa vez, porque mi padre también invitaba a Lucio a cenar cuando le pagaban los girasoles y le entraba la alegría. Al colgar el teléfono, mi madre me dijo que tenía mucho morro, pero que vale, que ella me daba dinero para los tres y así podía pagar el sangüich de mis amigos.

Izan me vino a buscar a casa, y le dije que me llevara en la bici suya, porque tenía un sillín de los blandos, y daba gusto porque no te hacías daño en el culo al coger los baches. Otras veces no me dejaba subir con él, y me decía no seas pesado, cada uno en su bici, pero esa vez me dijo venga, sube, y agárrate fuerte que he puesto los tapones de la velocidad suprema.

Íbamos por los caminos, y mi amigo giraba los manguitos como si estuviera acelerando una moto y hacía brrr brrr. Al cambiar de marcha, Izan aguantaba la respiración, porque no quería que se saliera la cadena, y yo notaba que no se le movía el pecho, pero cuando la marcha entraba, soltaba el aire y seguía con el brrr brrr. Pasó el tractor de Lucio y yo lo saludé levantando la mano, pero Izan estaba muy concentrado, miraba hacia delante, y no le dijo ni hola.

Apoyé la cara en su espalda y así se estaba bien, sin tener que dar pedales y sin el miedo a tragar mosquitos. Pasamos por donde el depósito y vimos a Cipriano, que estaba él solo, y le saludé dando gritos, gritando iiiiiiuuuuuuju y él gritó también iuuuuuuju porque era el abuelo más majo de todo Vallesordo y alrededores.

Ahora íbamos bajando muy rápido la cuesta que daba a la plaza, y me asomé y vi que el cuentakilómetros marcaba treinta y ocho. ¿Y si se sale una rueda ahora?, pensé yo. ¿Y si aparece un tractor en la esquina y no nos da tiempo a girar? Me entró el vértigo, y me asusté un poco porque noté el corazón latiendo a toda velocidad, pero a mitad de la cuesta mi amigo hizo brrrrum brrrrrum, y yo me agarré fuerte, y se me fue el miedo, y noté una cosquilla de las buenas todo por el cuerpo, porque me sentía bailarín de los de verdad, igual que Yure, y estaba más contento que la dinosauria de alas gigantes que se marcha volando en la peli esa.

Abuela, cuando hablaba con Tía Mauri por teléfono, le contaba lo del castin y se inventaba muchas cosas. Le decía que el jurado se había puesto de pie a aplaudirme y que no había ningún niño de mi edad en el castin, que yo era el más pequeño. Y otra cosa que le decía, que me gustaba mucho, era que yo era un artista. Este nos ha salido artista, le decía, y yo, que estaba en el corral ensayando la coreo, pero con la oreja puesta, bailaba con más ganas todavía al oír eso. En el castin de Valladolid iba a hacer el mismo baile, porque la señora de gafas, cuando la llamé desde el teléfono de Tía Justi, me dijo que sí, que en la segunda fase podía bailar la misma coreo. Yo le di vueltas, y pensé que lo mejor era bailar otra vez Dechanchanté, porque una canción con tanta eneryi como esa no la hay.

Me gustaba bailar cuando el sol se estaba yendo y las nubes se ponían rosas o naranjas o violetas, pero me tocaba hacer la coreo antes, a las seis o por ahí, porque luego venían mis amigos a merendar. Aunque las clases ya habían empezado, seguía haciendo buen tiempo y no había deberes, así que cogimos la costumbre de hacer merendolas, y esa vez la costumbre duró más de un día, no como otros años. Además, como abuela estaba muy maja, se lo decíamos y nos preparaba unas aceitunas, unas patatas, un poco de queso, unas lonchas de jamón y unas farraspas de chorizo, que ella sabía cortarlas así finicas. A mis amigos les gustaba mucho venir a mi corral, sobre todo a Telma, que enseguida se ponía a jugar con los cachorros y a darles besos por toda la cara.

Lo malo es que, a mediados de septiembre, que siempre son ahí las fiestas de Valdezarza, se preparan muchas tormentas, y esa tarde, cuando acabé de ensayar la coreo, se puso el cielo a rugir como cuando se está preparando lluvia. Parecía que las nubes grises iban a irse en otra dirección, pero no, miré arriba y ahí estaban los nubarrones, encima del corral. Antes, en Vallesordo, tocaban a tentenublo, que me lo había contado Tía Justi, y eso era meter un ruido con las campanas de la ermita para que no cayera el agua, y muchas veces funcionaba de verdad y se marchaban las nubes a otro lado, pero ahora ya no hacían eso, no sé por qué.

Sonó un trallazo, y los cachorros se juntaron todos en una bola y se pusieron a hacer ñiñiñiñi. Los truenos son para los perros como misiles militares y creen que los van a matar, y por eso La Yesi se había escapado por la mañana, porque era capaz de adivinar cuándo iban a venir los truenos.

Parecía que iba a llover, pero de momento no llovía, así que me puse a preparar las cosas de la merendola. Descolgué la sábana azul que había en la cuerda de la ropa y al levantarla en el aire, me vino el olor del jabón, que era un jabón que hacía Tía Justi con lavanda y más cosas. Los cachorros pensaban que era un juego y se subieron encima. Estaban un poco alborotados, iban y venían con la nariz pegada al suelo, porque La Yesi tardaba en volver, pero La Yesi era así, y cuando se preparaba tormenta, se iba corriendo a algún escondrijo y no volvía hasta el día siguiente.

No quería que los cachorros me mancharan los platos, y les hice el rugido del tigre, que no les asustaba tanto como cuando eran recién nacidos. Lo que sí les asustaba era el cepillo, porque abuela les daba con él cuando intentaban entrar en la caseta, así que puse el cepillo al lado de la sábana y enseguida se fueron corriendo y se metieron dentro de la caja de patatas.

El aire soplaba ahora más y algunas hojas del cerezo salieron volando por encima de la puerta. Yo estaba colocando las servilletas, y rápido ponía encima los tenedores. Mis amigos y yo no usábamos tenedores, comíamos todo con las manos, pero me gustaba ponerlos porque hacían bonito. Sonó otro relámpago, esta vez más cerca, y se asustaron hasta los mastines del pastor, que estaban dando ladridos y se callaron.

Ahora se quedó en silencio el corral, no se oía nada, solo las ramas del cerezo, que subían y bajaban y parecía que iban a hablar y a decir algo. Las ramas finas y viejas estaban atadas unas a otras, porque Tía Justi las ataba cuando venía al corral, y así aguantaban si soplaba el viento y no se rompían.

Me dio un susto abuela cuando entró, porque abrió la puerta sin dar un grito como otras veces, que antes de entrar gritaba estooooy. Entró con una docena de huevos en una mano y una bolsa de tomates en la otra, y los cachorros se pusieron contentos al verla, porque cada vez le tenían más cariño, y fueron corriendo a pedirle caricias.

Cuidado, abuela, que están los cachorros alborotados y se escapan. Cierra bien la puerta.

Abuela entró con cara de alegría, pero se agachó a tocar a los hijos de La Yesi y enseguida dejó de estar alegre. No miraba a los cachorros con manía, como cuando nacieron, ni tampoco con cariño. Los miraba como con pena.

Normal que estén alborotados. Pobrecicos...

Los cachorros querían jugar y daban zarpazos a la bolsa de tomates, y abuela no los reñía ni les decía quita, quita.

¿Por qué pobrecicos?, pregunté.

¿Pero no has hablado con tu padre?

¿Con mi padre? No, ¿por?

Abuela rumiaba con la boca, y yo la miré a los ojos, a ver si adivinaba algo, pero ella agachó la cabeza. Los cachorros se subían unos encima de otros, se peleaban entre ellos para estar más cerca de abuela.

Eso es cosa suya, contestó, ya te lo contará cuando venga, pero anda que... ya le vale a él también. Bueno, yo voy a ver si guardo las cosas en la nevera, que este año Tía Justi se está hartando a sacar tomates, mira qué buenones son.

Los tomates eran de los rosas, los que son grandotes, y abuela los comía a muerdos, con piel y todo. Me preguntó si queríamos una ensalada de tomate y lechuga para la merendola, que nos la preparaba enseguida, pero le dije que no, porque no soy yo mucho de verduras, y mis amigos tampoco.

Me cayó la primera gota en la frente, aunque muchas veces pasaba eso, que caían tres o cuatro gotas, y al final no llovía. Saqué los tápers de chorizo, jamón y queso, y los puse en mitad de la sábana, pero no los abrí, porque si no rápido venían los hijos de La Yesi y metían el hocico. Carbón, el cachorro que tenía un ojo más grande que el otro, era el que más alborotado estaba, no paraba quieto y fue olisqueando con la nariz por el suelo hasta debajo del poyo, que era donde se escondía La Yesi cuando se hartaba de ellos y no quería saber nada de nadie.

Cayó un relámpago en lo alto de la colina, donde el colegio, y se oyó un krrrrrrtrum muy fuerte, y parecía que el cielo se había escachado.

Ahora ya no pinteaba, ahora caían gotas más rápido, pero no estaban muy frías, así que seguí preparando la merendola. Telma era muy aceitunera, y por eso puse las aceitunas en la parte de la sábana donde se sentaba ella, al lado del pozo. No sé por qué tardaban tanto mis amigos en llegar, si ya era la hora, pero bueno, cogí las patatas, las coloqué en el centro y las tapé con una servilleta para que no se mojaran.

Abuela salió al corral, y la vi que se había quitado la ropa de la calle y se había puesto el mandil que olía a pimientos. Venía con un cazo de leche en la mano y andaba más despacio que otras veces, como si le costara trabajo andar. Mis amigos y yo no tomábamos leche, solo para desayunar porque nos obligaban, y cuando le pregunté para quién era eso, no me contestó, solo me pidió que dejase el cazo de leche al lado del agua.

¿Qué dices, abuela? Los cachorros eso no. Me da a mí diarrea la leche esa y se la quieres dar a ellos, anda que.

Abuela miró el cazo, me miró a mí, y después fue a decir algo, pero se quedó callada. El aire soplaba mucho ahora, y la polea del pozo rechinaba tanto que parecía que iba a salirse de su sitio. Los cachorros gruñían, porque no les gustaba la lluvia ni los truenos que sonaban tan cerca ahora.

Pues parecía que el viento se iba a llevar los nubarrones a otro lado, dijo abuela. Quita, Nico, déjame poner el cazo de leche ahí, que algo tendrán que comer.

Ya comerán cuando venga La Yesi, dije, que seguro que está metida en alguna zarza, que ya sabes cómo es ella con los truenos, que enseguida sale corriendo y no vuelve hasta el día siguiente.

Abuela y yo nos metimos debajo del cerezo, a resguardo, pero ahora llovía de verdad, y las gotas se colaban por entre las ramas, y hacían ruido al chocar contra el suelo. Yo tenía los brazos tiritando por culpa del frío y me entraron ganas de llorar, porque abuela seguía sin mirarme a los ojos y eso me daba mala espina.

Haz el favor, Nico. Dales la leche.

He dicho que no.

¿Y si La Yesi no viene?

¿Cómo no va a venir? Si eres tú la que dice que La Yesi siempre vuelve después de las tormentas, y da igual si vuelve con el pelo embarrado y con muchos cardos enratados en la cola, porque la duchamos en el barreño y ya está.

Escúchame lo que te voy a decir, cariño. La Yesi no va a venir, así que ten, dales esto a los cachorros y que por lo menos coman algo.

No me da la gana, pesada, que eres una pesada.

Ven, dame la mano.

¿Qué quieres?

Dame la mano, haz el favor.

No, ¿qué le has hecho?

Nada, ¿me das la mano?

Los cachorros ladraban todos, se enfadaron a la vez, como si ellos también supieran.

Cielo, cualquier día la iba a atropellar un coche... un accidente y... disgustos. Vino Lucio por la mañana y dijo que iba a ver mañana al amigo suyo de León, que nos hacía el favor y se llevaba a la perra. Ojalá... pero ¡anda que no le sobrará campo a La Yesi para correr allí en una finca tan grande!

El aire le movía el pelo a abuela y se le puso delante de los ojos, pero no se lo colocó detrás de las orejas ni nada, se lo dejó así. Yo me quedé quieto, mirándola, y quería decir algo, pero no me salía, no podía decir algo, y noté los pulmones estrujándose. Los cachorros rodearon a abuela, y ahora ladraban más que antes, con las orejas de punta y las babas que se les salían, y yo también quería ponerme con ellos y ladrarle a abuela con los colmillos sacados y machacarla viva.

Ese día acabó lloviendo mucho, igual que hoy, pero más, con unos goterones así de grandes y unos truenos como si las nubes se hubieran vuelto locas del todo. Por lo menos hoy solo es agua, y no hay relámpagos ni truenos tan fuertes, que eso a mí me da más miedo cada vez. ¿No te molesta que el parabrisas vaya tan rápido? ¿Ves bien así? No hace falta que conduzcas deprisa, puedes ir más despacio si quieres, que el ensayo es a las siete y media y son las siete todavía.

La que conduce muy rápido, más que tú yo creo, es Sabela, porque vive en Salamanca con su novio, que nos lo dijo, y viene desde allí al insti, y tarda media hora o menos. Por eso está ella ya muchas veces en clase cuando llegamos, como ayer, que al entrar, la vimos en la mesa suya leyendo con las gafas rojas que lleva ahora, y lo primero que hizo fue preguntarnos por la redacción. Nos preguntó si ya habíamos empezado, y yo dije que no, que me faltaban cosas por contarte todavía, y ella me dijo Nico, ponte a escribir ya, que hay que entregar la redacción en tres días, y yo le dije okei, okei. No me apetece ponerme a escribir, yo prefiero seguir contándote las cosas a ti así, en voz alta, pero bueno, los deberes son los deberes.

Paula ha entregado la redacción antes de tiempo porque es una empollona, aunque no parece empollona, porque lleva la gorra que tiene una N y una Y. Salgo con ella siempre en los recreos, y come siempre lo mismo, sangüiches de crema de cacahuete. Ahora me llevo mejor con Paula que con Telma, que sigue siendo mi amiga, pero desde que se fue a vivir con el padre a Valladolid, nos vemos solo cuando viene al pueblo algún fin de semana. Me ha contado que la obligan a llevar uniforme porque va a un colegio de pago. Y con Izan ya no somos tan amigos, porque siempre sale al patio con los de su equipo, que son un año más mayores y fuman donde el aparcamiento.

Y mis padres, después del verano de quinto, se separaron, y parecía mentira, pero no, y ahora mi padre vive en Zamora en un piso él solo, aunque viene a Vallesordo a arar las tierras, y a veces subo con él en el tractor y pasamos ahí la tarde entera, tierra arriba, tierra abajo y es un poco aburrido, porque no hablamos casi. Lo que me da yuyu es que se eche una novia nueva, pero no creo.

Mi madre ha vuelto a trabajar en la tienda de zapatos, igual que antes de la residencia, y ya casi no fuma, y estuvo buscando a alguien que cuidara a abuela y tardó mucho hasta que encontró a Tania, que tiene mal genio y siempre va en una bata blanca chupando los caramelos esos que huelen a anís.

La practicanta dice que la enfermedad de la memoria no se pega, pero yo creo que sí se pega, porque a Tía Justi le dio primero, y luego abuela empezó a olvidarse de más cosas que antes. Lo bueno es que abuela, antes de caer mala, nos juntó a mi madre y a mí un día en el corral, y nos dijo que ella iba a dejar apartado un dinero para el baile, y mi madre le preguntó ¿qué baile?, y abuela le dijo el baile del muchacho, y con ese dinero pagamos ahora la academia y te pagamos a ti. No conocíamos a ningún taxista, y los que llamamos eran todos muy caros, pero Tía Mauri nos dijo que ella conocía muchos taxistas porque su padre se dedicaba a eso y fue ella la que nos dio el número tuyo.

Tía Mauri, cuando viene a Vallesordo, siempre trae dulces de las monjas de Salamanca, y nos da una caja a nosotros y otra caja a Tía Justi, porque también es familia suya, aunque no mucho, prima lejana. Tía Justi hacía unos dulces más ricos que los de las monjas antes de la enfermedad, pero ahora ya no. La que la cuida se llama Eder, y no es como Tania, la que cuida a abuela, que viene un rato por las tardes y ya está. Eder es interna, está todo el día con Tía Justi, y cuando la conocí le pregunté si era vasca, porque parece un nombre vasco, pero me dijo que no, que era de Albania. Casi siempre van las cuatro juntas de paseo, Tania, abuela, Eder y Tía Justi, y después se sientan en el corral a charlar toda la tarde. A Eder le gusta jugar con Niebla, porque dice que en su país tenía una perra que se parecía mucho. A Carbón, Piraña y Martín los llevamos a una protectora de animales en Zamora, porque cuando fui por las casas nadie quería un cachorro.

Abuela a veces se acuerda del baile y me pregunta si he pasado el castin, como si eso no hubiera ocurrido hace ya dos años, y yo intento explicárselo bien todo el rato, y le digo que sí, que pasé el castin de Zamora y que ahora llevo ya un tiempo en Bidanser, que es la escuela de baile que está detrás del Teatro Ramos Carrión. Y abuela se ríe con los ojos medio lelos, no se sabe a dónde mira, y al día siguiente me vuelve a preguntar lo mismo.

En la clase de Bidanser somos tres chicos y doce chicas, y les caigo bien porque el primer día les dije que llegué hasta la segunda fase del castin de Fama Kids. Y la sala donde bailamos fanqui tiene una luz láser roja y los espejos son largos largos y llegan hasta el techo. Y fanqui es los martes y los jueves, aunque a lo mejor este año me apunto también a lírico para ir cuatro días a la semana.

Agradecimientos

Gracias a Guadalupe, por el cariño con que leyó mis primeros intentos de contar historias. Y gracias a Paco, por el entusiasmo y el empuje que nos transmitió en la 205.

Gracias a Elena, Paula, Edu, María y a toda la gente de Madre Flaca por la curiosidad, la intensidad y por compartir conmigo la ilusión de algo que estaba empezando. Gracias a Vicent, por aquellos días en Fisterra en los que caminamos mucho, hablamos un montón y escribimos juntos en un salón donde dormí bien tres noches seguidas.

Gracias a Mer, por acogerme en su casa de Sevilla y por ser tan buena compañera en este viaje iniciático. Supo ver en el primer borrador cosas que estaban ahí apenas y gracias a su lectura encontré la voz de Nico. Love you, Mer.

Gracias a Pauli, por las preguntas, los abrazos y por leer *Vallesordo* desde un lugar distinto. Y gracias a Marine, por la compañía tan tan grande, y por ayudarme, con sus comentarios, a saber qué historia quería contar.

Gracias a Matilde, por ayudarme a entender qué les pasaba por dentro a los personajes de este libro. Y gracias a las compañeras de la Fundación Antonio Gala, por regalarme unas sombras tan bonitas y por convertir el salón en el plató de Fama la noche de mi cumpleaños.

Gracias a mi abuela, por enseñarme un montón de nuevas palabras viejas, y por ayudarme económicamente mientras escribía *Vallesordo*. Gracias a la gente mayor de Palacios del Pan, por dejar que me sentara a escuchar y por contestar a mis preguntas. Muchas gracias a las mujeres de Nombres Nuevos, por venir al club de lectura que organizaba en mi pueblo y por su generosidad.

Gracias a Carolina, por creer en esta historia y buscarle una casa, y a Luis, por la confianza y por ayudarme a rescribir *Vallesordo* con sus comentarios. Gracias a Fátima, por acompañarme en el proceso de edición, y a Cris, Aurora y todo el equipo de Asteroide por tratarme tan bien.

Gracias a Laura y a Santos, por estar ahí desde el principio, y gracias también a María, Iñigo, Nerea, Janire, Pimi y a todas las amigas con las que compartí vida mientras escribía este libro.

«De buena gana me hubiera esfumado del todo. Cerré los ojos, pero hace falta más que eso, seguía allí. Y es que cuando uno vive es automático.»
ROMAIN GARY, *La vida ante sí*

Desde LIBROS DEL ASTEROIDE queremos agradecerle el tiempo que ha dedicado a la lectura de *Vallesordo*.
Esperamos que el libro le haya gustado y le animamos a que, si así ha sido, lo recomiende a otro lector.

Al final de este volumen nos permitimos proponerle otros títulos de nuestra colección.

Queremos animarle también a que nos visite en www.librosdelasteroide.com y en nuestros perfiles de Facebook, Twitter e Instagram, donde encontrará información completa y detallada sobre todas nuestras publicaciones y podrá ponerse en contacto con nosotros para hacernos llegar sus opiniones y sugerencias.
Le esperamos.

«Un clásico de la novela de aprendizaje latinoamericana que conjugó como ninguna otra la crudeza de la situación social del continente con la ingenuidad, el lirismo y la ternura de la infancia.»
Matías Néspolo (El Mundo)

«*Mi planta de naranja lima* es un documento social y un estudio psicológico que suena como una canción y donde hay una realidad intensa y por eso también ternura y amor.»
Euclides Marques Andrade

«Mayte López tiene una voz propia, rítmica, oral, absolutamente contemporánea y plagada de referencias musicales. Conecto mucho con su estilo.»
Andrea Abreu

«Con brutal lenguaje cotidiano, Mayte López escribe una pequeña obra maestra. *Sensación térmica* sube la temperatura a la tragedia de la violencia doméstica.»
Michelle Roche Rodríguez